NÉMÉSIS
GIRONDINES

ET

CHANSONS POLITIQUES

PAR VIGIER

tonnelier.

PRIX : 2 FRANCS

BORDEAUX,

IMP. MÉTREAU ET Cᵉ, RUE DU PARLEMENT-Sᵗᵉ-CATHERINE, 19.

1871.

NÉMÉSIS GIRONDINES

ET

CHANSONS POLITIQUES

NÉMÉSIS GIRONDINES

ET

CHANSONS POLITIQUES

PAR VIGIER

Connétier.

PRIX : 2 FRANCS

BORDEAUX,

IMP. MÉTREAU ET Cᵉ, RUE DU PARLEMENT-Sᵗᵉ-CATHERINE, 19.

1871.

PRÉFACE.

Les lecteurs de l'ancienne *Tribune* n'ont pas oublié le tonnelier-poète, et j'ai cru remplir [un devoir en rappelant son souvenir dans la *Tribune* ressuscitée.

La Révolution de 1848, et les évènements qui suivirent, tournèrent l'esprit de Vigier vers la satire politique et firent de lui un véritable poète de combat.

Envisagé dans l'ensemble, son œuvre n'est point vulgaire. Toutes les questions politiques y sont abordées de front, et souvent traitées avec le plus rare bon sens. Notre poète est doublé d'un penseur.

Peu d'ouvriers se sont élevés à une pareille hauteur. Ni Magu, le tisserand, ni Gonzalle, le cordonnier, ni Benzeville, le potier d'étain, ni beaucoup d'autres ne pourraient être comparés au tonnelier-poète. Des hommes comme lui honorent trop les

ouvriers pour qu'ils ne conservent pas son souvenir.
Chaque ouvrier bordelais voudra avoir les poésies
du tonnelier dans ses livres. C'est un devoir pour
eux.

Le 19 juin 1870, eut lieu au cimetière protestant
l'inauguration d'un monument élevé par la démocratie bordelaise à l'auteur des *Némésis Girondines*.
Entre un chaleureux discours de M. Delboy et un
discours ému de M. Martinet, je fis la lecture des
vers suivants :

O Poète-ouvrier, ô noble travailleur,
Toi que n'effrayait pas un multiple labeur,
Et qui, le soir venu, couronnais ta journée
En traduisant en vers ta colère indignée,
Que n'es-tu parmi nous, prêt à recommencer,
Prêt à flétrir encor ceux qu'on ose encenser!
Prêt à faire siffler, sans trêve, sans relâche,
La mèche de ton fouet sur l'épaule du lâche!
Prêt à stigmatiser, qu'il soit faible ou puissant,
L'homme déshonoré qui fausse son serment!
Prêt à lancer sur qui commet une bassesse,
Ta muse au front d'airain, Némésis vengeresse!
Que n'es-tu parmi nous, debout, comme autrefois?
Il manque à tes amis, ta mâle et forte voix.
Mais tu dors, ô poète, et ta muse s'est tue,
Tu vis avant ta mort la Liberté déchue,
Toi qui l'avais pu voir, reine de ton pays,
Répandre ses bienfaits sur le peuple surpris.
La déesse immortelle est encor prisonnière,
Elle, des nations la force et la lumière!
Les membres retenus par de triples liens :
— Lois, — décrets, réglements, et cent autres moyens. —
Son geôlier la dit libre : ô raillerie amère!
Eh! que peut-elle dire? eh! que peut-elle faire?

Hélas! ce que dirait ou ferait un enfant,
Car elle sent la main d'un maître triomphant.
Mais, cette main frissonne, et devient plus légère ;
Et la martyre entend cette parole : « espère ! »
Aujourd'hui nous voyons surgir de tous les rangs,
De tous les cœurs, la haine immense des tyrans !
C'est un réveil superbe, une aube rayonnante,
Et sous laquelle on sait la liberté présente !
Au nord, au sud, partout, l'esprit en mission,
Sème, enseigne, répand la Révolution ;
Et le vrai citoyen, confond dans sa colère,
Et l'homme de décembre, et l'homme de Brumaire.
Des penseurs accourus de mille lieux divers.
Ont rêvé d'imposer la paix à l'Univers (1).
Hugo, ce grand génie et ce beau caractère,
Préside ce Congrès des peuples de la terre ;
Et sa parole ardente, et son verbe irrité
Déracine cet arbre appelé royauté,
Cet arbre séculaire aux nations funeste,
Autre mancenilier qui recèle la peste, —
Je veux dire la guerre ; — un aveugle fléau,
Qui, doux à Bonaparte et terrible à Marceau,
Soumet les nations aux plus dures épreuves,
Et pour rien, de leur sang rougit parfois les fleuves.
Des plaines de Pharsale aux champs de Waterloo,
Que de meurtres, flétris ou chantés par Clio !
De maux immérités quelle lugubre chaîne !
Quelle variété de la douleur humaine !
Les peuples, désormais appuyés sur leurs droits,
Doivent, à l'unisson, s'écrier : « plus de rois ! »
Tombe enfin sans retour la dernière frontière !
Dans un Russe un Français doit reconnaître un frère.
Par la loi du progrès, chaque jour emporté,
Le monde en vieillissant s'élève à l'unité.
Elle est bien loin encore cette aurore bénie,
Où les Sociétés, s'appelant Harmonie,

(1) La ligue Internationale de la Paix.

N'auront plus en tous lieux qu'un nom, l'Humanité,
Où planera sur tous l'auguste Liberté !
Avant d'arriver là que de sang, que de larmes !
Quels chocs de passion, et quel abus des armes !
La terre encor boira le sang de ses enfants,
Écrasés sous le poids de traîtres triomphants !
Mais elle arrivera la fin du sacrifice,
Et de ce sang versé sortira la justice !...
Ces temps lointains viendront pour nos derniers neveux ;
Ce radieux soleil se lèvera pour eux. —
Les efforts des penseurs hâteront cette aurore ;
Poètes qui chantiez hier, chantez encore ;
O maîtres inspirés du livre et du pamphlet,
De votre plume d'or faites-vous un stylet,
Et, mus par la raison et par votre civisme,
Attaquez, renversez, tuez le Despotisme !
N'êtes-vous pas les fils de tous ces hommes forts,
Qui, pour vous délivrer, sans hésiter sont morts ?
Ils faisaient leur devoir, même au prix de leur vie,
Servez l'humanité, comme eux, et la Patrie !
Hélas ! combien sont morts parmi les plus vaillants !
Combien d'ardents lutteurs, tombés depuis vingt ans !
Ainsi toi, Vigier, ô lyre prolétaire,
Qui, du peuple lassé, traduisais la colère.
Dors en paix ! l'arbitraire en ce moment finit,
Et bientôt reviendra ton idéal proscrit !

Ces vers sont terminés par une prédiction aujourd'hui réalisée.

Vigier — coïncidence remarquable — est mort le 24 février 1852, anniversaire mémorable et année néfaste. dont il sera parlé dans l'histoire.

J. Peyquiez.
Rédacteur de la Tribune.

A BÉRANGER

O Béranger ! chantre pur de nos gloires,
L'âge en ton cœur a-t-il glacé la foi ?
Les bulletins de nos jeunes victoires
Ne sont-ils pas parvenus jusqu'à toi ? ...
Pourquoi sitôt abdiquer ta couronne ?
Ton noble front sait si bien la porter.
Roi des chansons, remonte sur ton trône,
La France écoute, il faut encor chanter ! ...

Le peuple espère une voix libre et forte,
Pour célébrer sa gloire d'aujourd'hui.
Oh ! que demain la brise nous apporte
Quelques couplets où tu parles de lui...
D'une chanson viens lui faire l'aumône,
Ta muse seule a droit de le flatter.
Roi des chansons, remonte sur ton trône,
La France écoute, il faut encor chanter !...

Un jour sa main, forte comme la foudre,
Brisa le joug d'un pouvoir détesté ;
Sur les débris d'une couronne en poudre,
Sa grande voix criait : ÉGALITÉ !
L'Égalité, la mort seule la donne :
Toujours les grands voudront nous régenter.
Roi des chansons, remonte sur le trône,
La France écoute, il faut encor chanter !...

Et cependant ta muse populaire
Ne leur a pas épargné ses leçons...
Et de la haine, ou bien de la colère,
Jamais le fiel ne souilla tes chansons.
Ils furent sourds à ta voix sainte et bonne ;
Contre le peuple ils vinrent se heurter.
Roi des chansons, remonte sur ton trône,
La France écoute, il faut encor chanter !...

Oh ! chante encor, les rois sont inhabiles :
De leur pouvoir vois-les s'enorgueillir :
Dis-leur combien les trônes sont fragiles,
Et leur ciment facile à démolir.
De ces leçons que le passé leur donne,
Les insensés n'ont pas su profiter.
Roi des chansons, remonte sur le trône,
La France écoute, il faut encor chanter ! ...

Oh ! que ta main reprenne sa férule :
Sois sans pitié ! frappe sur ces poltrons !
Viens, chansonnier, jeter du ridicule
Sur leurs marquis, leurs ducs et leurs barons.
De ces hochets, qui n'illustrent personne,
Nos gouvernants vont encor brocanter...
Roi des chansons, remonte sur le trône,
La France écoute, il faut encor chanter ! ...

Chante, la France est en deuil de ta muse.
(Qui, mieux que toi, sait fronder les abus ?)
De l'oublier, peut-être elle t'accuse,
Et c'est pour elle une peine de plus.
Oh ! j'en suis sûr, dans ton front qui grisonne,
Que de chansons sont prêtes d'éclater !
Roi des chansons, remonte sur ton trône,
La France écoute, il faut encor chanter ! ...

Oh ! chante encor ! tu te dois à la France !
A ces poignets les fers sont déjà lourds.
Oh ! chante encor ! adoucis sa souffrance
Par le récit de tes vieilles amours :
De ta LISETTE, adorable friponne,
Que de méfaits il te reste à compter ! ...
Roi des chansons, remonte sur ton trône,
La France écoute, il faut encor chanter ! ...

Que la chanson reprenne son empire :
Combien de fois un refrain jovial,
Au pauvre peuple arrache un gai sourire !
Viens, BÉRANGER, nous donner le signal ...
Chanteurs obscurs, notre muse bourdonne :
Un mot de toi peut la faire éclater.
Roi des chansons, remonte sur le trône,
La France écoute, il faut encor chanter ! ...

Toi dont le cœur vierge d'apostasie
Ne se courba que devant le malheur,
En quelques mots l'on résume ta vie :
La LIBERTÉ, la PATRIE et l'HONNEUR !
Pour eux, encor, que ta lyre résonne ;
Chante ! ... à genoux nous allons t'écouter !
Roi des chansons, remonte sur le trône,
Le peuple souffre, il faut encor chanter ! ...

Bordeaux, le 9 Octobre 1845.

RÉPONSE DE BÉRANGER.

Pardonnez-moi, Monsieur, d'avoir autant tardé à répondre à votre lettre et à vous remercier de votre très-spirituelle mais trop flatteuse chanson.

Une longue absence m'a empêché de recevoir plus tôt l'une et l'autre.

Je suis heureux quand j'apprends que mes refrains et mon nom trouvent encore des échos dans les classes ouvrières, auxquelles je dois une grande partie de la réputation dont j'ai joui. Dites-le, je vous prie, Monsieur, à tous ceux qui ont bien voulu vous engager à m'envoyer votre chanson inspirée par les plus nobles sentiments, et qui, je vous l'assure, ne se sent aucunement de l'absence d'éducation dont vous me parlez.. Je suis fier de vous avoir fourni le motif de ces charmants couplets, et très-heureux que vous me les ayez communiqués.

C'est un grand plaisir pour moi de voir cultiver avec succès le genre qui m'a mérité les suffrages du public. Vous voyez combien vos couplets m'ont dû plaire.

Si je ne chante plus que pour mes amis, c'est qu'à mon âge on n'a rien de mieux à faire qu'à vivre dans la retraite et le silence... ; et quoique vous disiez, Monsieur, que *la France écoute*, je pense que ce n'est plus aux chansons qu'elle prête l'oreille, mais aux cris de la Bourse et aux scandales de l'agiotage. La faible voix d'un vieillard se perdrait au milieu de tout ce bruit, qui ne ressemble en rien à tous les bruits qui ont éveillé les chants de ma jeunesse.

C'est à vous autres, jeunes hommes, qu'il appartient de ressusciter la chanson en France, et je serais bien joyeux si, avant de mourir, j'entendais de nouvelles voix célébrer de nouvelles gloires pour notre patrie. Ma joie serait surtout très-grande si ce concert s'élevait du sein des ateliers, où il ne pourrait qu'affermir l'amour de l'ordre et l'esprit de fraternité.

Je vous parle là, Monsieur, en confrère, et non du haut du trône où vous voulez me placer ; parmi les chanson-niers, il n'y a ni roi ni prince : c'est un trop petit État pour fournir aux frais d'une liste civile.

La chanson, c'est la République de Saint-Marin en litté-

NÉMÉSIS GIRONDINES.

I.

A LOUIS-NAPOLÉON BONAPARTE.

Lève-toi, Némésis ! debout, robuste femme !
Épanche en traits de feu tout le fiel de ton âme !
Viens nous montrer du doigt ces nouveaux convertis,
Honte de tous les temps et de tous les partis.
Lève-toi ! lève-toi ! Némésis vengeresse !
De ces plats renégats montre-nous la bassesse.
Que ton fouet aigu, qui siffle en fendant l'air,
Sans pitié ni merci, s'enfonce dans leur chair !

. . . .

. . . .

Peuple, que te sert-il de briser les couronnes,
De proscrire les rois et de brûler les trônes !
De rouler dans Paris des tourbillons de feu :
L'ouragan gronde et fuit, ton règne dure peu...
Courbé par l'aquilon, quand finit la tempête,
Le roseau se rassure et relève la tête ;
Tandis que, noble et fier, le chêne, bien souvent,
Se raidissant contre elle, est brisé par le vent !

. . . .

. . . .

Lève-toi ! lève-toi Némésis inflexible !
Ranime tes serpents, furie incorruptible !...
Que le peuple trompé reconnaisse les siens ;
Frappe ! sois sans pitié pour ces faux citoyens
Leur civisme n'est plus qu'un insolent mensonge ;
Découvre sans pitié la lèpre qui les ronge !

. . . .

. . . .

A toi Napoléon !... nom populaire et beau,
Illustré par celui qui dort dans le tombeau ;
Nom cher à tous les cœurs amoureux de la gloire,
Effroi de l'univers, orgueil de notre histoire !
A toi, Napoléon Bonaparte Louis !
Les premices amers de notre Némésis !
.... Le temps a-t-il sitôt effacé la vergogne
Que cloua sur ton front l'esclandre de Boulogne.
Que tu veuilles déjà, malheureux prétendant,
Accoler à ton nom celui de président ?...

A quel titre, bon Dieu ! veux-tu que l'on te nomme ?...
Suffit-il d'être né le neveu d'un grand homme,
Et d'avoir pour appui Monsieur de Girardin,
Pour traiter le bon peuple avec tant de dédain ?...
C'est faire peu de cas de son intelligence,
Que d'oser te poser en sauveur de la France !
Suffit-il de jeter, insipide lecteur,
Du haut de la tribune un programme menteur ?
Il faut plus qu'un mensonge, il te faut un miracle,
Pour que ses bras puissants te portent au pinacle !
. . . .
. . . .

Vous mendiez les voix du peuple souverain !
Qu'avez-vous fait pour lui, que ferez-vous demain ?
Si votre cœur est pur, si votre âme est loyale,
Dites, si méprisant la pourpre impériale,
Devant la République abaissant votre orgueil,
Vous n'exploiterez pas la gloire d'un cercueil,
Pour mettre à votre front, évoquant un fantôme,
La couronne promise au front du roi de Rome !
Pour les débiles mains du héros de Strasbourg,
Le sceptre impérial est un fardeau bien lourd !...
.... Ah ! quand Napoléon, cet immense génie,
Contre la liberté leva sa main impie,
Tout un peuple aux abois témoignait son horreur
Pour ce règne de sang qu'on nomma la Terreur !
Il vint dans le forum, précédé par la gloire,
Sauveur de son pays, puissant par la victoire,
Entouré d'ennemis, vaincus, humiliés,
Des lauriers sur sa tête et des rois sous ses pieds !

Mais vous, qu'avez-vous fait ? votre innocente épée
Ne sortit du fourreau que pour une équipée.
Ridicule complot que la presse a flétri,
Fruit d'un cerveau malade, et dont le peuple a ri...
Est-ce donc de l'esprit, est-ce donc du courage,
Que cet aigle vivant traîné dans une cage ?
Que de vous affubler, pour montrer cet oiseau,
D'une capote grise et d'un petit chapeau ?...
Girardin, votre ami, disait vrai, je vous jure,
Lorsqu'il vous appelait : Une caricature !
Vos titres les voilà !... Convenez que c'est peu ;
Mais, habile joueur, vous cachiez votre jeu.
Un homme de courage un homme d'éloquence,
Nous a paru douter de votre intelligence...
Levez-vous ! levez-vous ! en chaleureux tribun
Foudroyez sans pitié l'orateur importun ;
Dévoilez au pays votre vaste génie,
Et d'un cœur haut placé montrez-nous l'énergie,
Levez-vous ! levez.vous !... Quoi ! vous restez muet ?
Votre candidature accepte ce soufflet ?
Parmi les nullités l'on vient de vous confondre,
Et vous ne trouvez pas un seul mot à répondre ?...
Oh ! non, vous n'avez rien du grand Napoléon,
Rien de ses qualités...vous n'avez que son nom,
Et ce n'est pas assez pour gouverner la France :
Un nom n'est, après tout, qu'un hasard de naissance !

. . . .

. . . .

Mais, vous avez de l'or... et, parmi vos flatteurs,
Il peut se rencontrer d'habiles corrupteurs,

Diplomates savants et vieillis dans l'intrigue,
Criant : vive le roi ! criant : vive la ligue !
A ces hommes d'honneur vous pouvez vous fier ;
Ils font de leur talent marchandise et métier.
Payez-les... ils viendront, au nom de la morale,
Mettre à votre service une plume vénale.
Prince, jetez de l'or à ces *nobles* amis,
Vous serez président; croyez-en leur avis.
De l'or !.. Et si demain vous n'avez fait qu'un rêve,
Ils reviendront se vendre à l'astre qui se lève !

. . . .

. . . .

O sainte République ! ô sainte Liberté !
Magnifique présent de la Divinité,
Combien d'oiseaux de proie, ardents à la pâture,
Voudraient te voir mourir, toi si noble et si pure !
Mais tu triompheras ! les destins sont pour nous :
Tous les peuples sont las de ployer les genoux.
Aux égouts de la rue ils jettent les couronnes ;
L'exil est aujourd'hui l'apanage des trônes !

. . . .

. . . .

Mais revenons à vous, prince Napoléon :
Sur vos capacités Némésis en sait long.
D'un grand homme au tombeau, mesquine parodie,
Depuis tantôt six mois elle vous étudie...
Si vous êtes d'étoffe à faire un président,
Cessez donc de garder un silence prudent ;
Et pour le bien de tous, rompant vos habitudes
Apportez au pays le fruit de vos études.

Tâchez, par vos talents, de lui faire oublier
Vos exploits de crétin, vos farces d'écolier...
Au peuple qui l'attend, donnez votre programme ;
Vous avez bien assez exploité la réclame :
Bilboquet politique, il vous sera fatal
D'avoir pris un cercueil pour votre piedestal !

. . . .

. . . .

Vous êtes l'avenir... Girardin le répète...
Mais un avenir gros de sang et de tempête !...
Quoi ! d'un ambitieux devenant le jouet,
Le peuple s'est battu pour un tribun muet !
D'une *Presse* vendue écoutant les paroles,
S'il prêtait à vos pieds ses robustes épaules,
Pour que vous atteigniez au siége de consul...
Alors qu'il aura vu combien vous êtes nul,
Type du bienheureux dont parle l'Évangile,
Vous y seriez brisé comme un roseau fragile !
Pygmée inaperçu, rentrez dans le néant,
Atome qui vouliez égaler le géant !

. . . .

. . . .

Levez-vous, nobles cœurs dévoués à la France !
A votre mère en pleurs épargnez la souffrance.
Ici, plus de drapeaux, ici plus de partis :
A la guerre civile arrachons le pays.
Catilina s'avance ; il veut détruire Rome !
Ah ! pour le repousser, marchons comme un seul homme !
Ne nous demandons pas si ce républicain
Appartient à la *veille* ou bien au *lendemain*.

Il s'agit aujourd'hui d'une cause commune :
L'ordre, des travailleurs est la seule fortune.
La confiance naît de la tranquillité.
Le commerce grandit avec la liberté !
L'ordre, c'est le travail... et quand l'émeute gronde
Le travail et le pain manquent à bien du monde !
Quoi ! pour flatter l'orgueil d'un prince fanfaron,
Nous viendrons sottement, lui servant de plastron,
Pour éclairer les tours d'un jongleur inhabile,
Rallumer le flambeau de la guerre civile !

Oh ! non, le souvenir d'un pénible passé,
Du cœur des citoyens ne peut être effacé.
Le peuple est souverain... L'ère républicaine,
Par la fraternité, doit éteindre la haine ;
Le sang du travailleur, magnanime martyr,
Fertilisa pour tous les champs de l'avenir ;
Pourquoi donc au progrès susciter des obstacles ?
Qu'on le laisse accomplir ses sublimes miracles !
. . . .
. . . .
Arrière ! prétendant antinational !
Laissez dans son fourreau le sabre impérial.
Le bon sens vous repousse, et votre présidence
Va s'écrouler au bruit des sifflets de la France !

14 novembre 1848

RONDEAU HISTORIQUE.

1830.

Pour parler haut, pour nous trouver timides,
Par quels exploits fascinez-vous nos yeux ?...
N'imitez pas ... l'homme des pyramides,
Dans son linceul tiendrait tous vos aïeux !

(BÉRANGER.)

Il m'en souvient, jadis à la victoire,
Sous ce drapeau j'ai marché, mes enfants
Viel étendard de notre vieille gloire,
Ton doux aspect embellit mes vieux ans.
Je t'ai suivi de l'un à l'autre pôle,
Du Nord au Sud, des Alpes au Pérou;
De l'Orient je fus au pont d'Arcole;
J'ai vu Madrid, Naples, Vienne et Moscou.

A Friedland, l'étoile du courage
Devint le prix du plus pur de mon sang.
Sur nos héros, lorsque gronda l'orage,
J'étais encor à l'affreux Mont-Saint-Jean !...
Waterloo ! jour de deuil et de gloire...
Champs arrosés du sang de nos héros,
Là, de nos rangs, déserta la victoire;
Là, des Français vendirent leurs drapeaux !!!
Le drapeau blanc fut offert à nos braves;
L'aigle fit place à l'humble fleur de lis;
Et l'étendard que suivaient des esclaves
Fut le drapeau des vainqueurs d'Austerlitz...
Nos vieux soldats dévoraient leur outrage...
Que pouvaient-ils contre tant d'ennemis ?
Et tristement ils se disaient: *Courage!*
Nous nous battrons sous les murs de Paris !...
Il fut déçu l'espoir de nos cohortes;
Leurs derniers vœux ne purent s'accomplir.
Les étrangers frappèrent à nos portes,
Et des Français vinrent les leur ouvrir.
Vieux vétérans, votre grand capitaine,
Que la victoire abandonne une fois,
Fut déporté à l'île Sainte-Hélène,
Lui dont le nom faisait trembler les rois!
A l'Éternel vous irez rendre compte,
Vous qui l'avez à l'exil condamné;
Et, dans l'histoire, on lit à votre honte :
Lui les vainquit, eux l'ont assassiné !...
Bientôt, hélas! une race flétrie
Que ramenait vingt potentats divers,

Au nom de Dieu régna sur ma patrie,
Et s'occupa de lui forger des fers!
On proscrivit la gloire et le génie;
On nous donna de tyranniques lois!
De ses grandeurs la France fut punie,
Et l'intrigant obtint seul des emplois.
Le roi Louis, roi de par l'Angleterre,
A sa fureur ose enfin se livrer:
On fit tuer Brune, Labédoyère,
Ney, Duvernet, et les frères Faucher!...
On nous menait d'entraves en entraves;
Avec dépit, la France vit souvent
Diminuer la solde des vieux braves,
Pour augmenter la rente d'un couvent...
Et nous gardions un pénible silence,
Et le front bas, le regard attristé,
Nous attendions du réveil de la France
Un avenir brillant de liberté!
De l'Éternel, la main toute-puissante,
Frappa Louis au milieu des grandeurs;
De Loyola, la secte dévorante,
Sur son tombeau seule versa des pleurs.
Son successeur, digne en tout de sa race,
Faible et bigot, hypocrite et méchant,
Pieux libertin, grand amateur de chasse,
Ne demandait, ne voulait que du sang!...
Les arts courbés sous des lois tyranniques,
Timidement se montraient à demi;
Et sous le joug des prêtres fanatiques
Le peuple entier semblait s'être endormi.

..... Vous le savez, du peuple qui sommeille
Un songe heureux vient dérider le front ;
Quant par malheur un tyran le réveille,
C'est dans du sang qu'il lave son affront !

..... De notre roi s'augmenta la démence,
Mais nous étions las de nous abaisser ;
Nous murmurions... quand par une ordonnance
Il nous ravit jusqu'au droit de penser !...

..... Peuple Français, ne verse plus de larmes !...
Il a sonné le signal des combats !
La Liberté vient de crier : Aux armes !
A son appel qui ne répondra pas ?...
Debout ! debout ! milice citoyenne,
Brise tes fers, malheur à ton boureau !
Debout ! debout !... Et maintenant qu'il vienne !...
Des rois pervers Paris est le tombeau !...

. . . .

Serrons nos rangs, ses sicaires s'avancent :...
Il ont du fer, mais nous avons du cœur !
Serrons nos rangs... Les lâches ! ils commencent...
..... Ils ont fait feu ! mort à notre oppresseur !

. . . .

Venez à nous du fond de votre école,
Jeunes gardiens de notre viel honneur ;
Venez guider le vieux soldat d'Arcole,
Ainsi que vous il méconnaît la peur.
Marche ! en avent !... qu'importe la mitraille !
Vous le savez, fils de la Liberté,
Celui qui meurt sur le champ de bataille
Lègue son nom à la postérité !

Découvrons-nous : à genoux, camarade
Jour de bonheur pour tous les vieux soldats !
Voyez, enfants, là, sur les barricades,
Le vieux drapeau de mes premiers combats...
Le drapeau blanc, signe qui déshonore,
Quoi ! des Français s'armant pour le venger !
Venez à nous !... le drapeau tricolore
Ne fait couler que le sang étranger !...
De tous côtés notre ennemi succombe,
Et dans trois jours ses soldats son vaincus.
La Liberté renaît, et dans la tombe
Son bras puissant fait rentrer les abus !

. . . .*. . . . .

. . . .

Mais si jamais l'on menaçait la France,
Si l'étranger se levait contre nous,
Jeunes Français, volons à sa défense :
Mourir pour elle est un devoir si doux !
Va, roi félon, loin de notre patrie,
Va-t'en cacher ta honte et tes remords !
Ton souffle impur ne l'a que trop flétrie !...
Que ton exil venge nos braves morts !...
Tu peux aller, dans ta vaine colère,
Chez l'étranger mendier des vengeurs...
Vois-tu pâlir tous les rois de la terre
Au seul aspect de nos triples couleurs ?...
C'est le drapeau qui brise les entraves
Qu'à leurs sujet forge la royauté ;
Le doux espoir qui sourit aux esclaves,
C'est ton soleil, ô sainte Liberté !

Si ses rayons éclairent vos royaumes,
Rois absolus, vos trônes crouleront !
Votre injustice a fatigué les hommes ;·
Malheur à vous s'ils relèvent le front !
Malheur à vous ! Dieu prête son tonnerre
Au peuple armé pour défendre ses droits.
Rien ne résiste à sa forte colère :
Le peuple aussi fait et défait des rois !

. . . . , ...

NÉMÉSIS GIRONDINE.

II.

AU MÉMORIAL BORDELAIS.

Viens, pauvre Némésis, fille de l'atelier,
Compagne de douleur de l'obscur ouvrier ;
Retroussons notre manche et mettons-nous à l'œuvre :
Nous sommes au courant du métier de manœuvre.
Allons, prenons la plume et quittons le marteau
Pour signaler le nom d'un apostat nouveau.
Viens pauvre Némésis, exhalent ta colère,
Retremper ton courage au fiel de la misère !

Viens, le dégoût au cœur, le fouet à la main,
Combattre et flageller un faux républicain !
Si mon vers indigné s'imprègne d'amertume,
Que la vérité seule éclate sous ma plume !
Sois sans haine et sans peur : la cause qu'elle sert
Marche la tête haute et le front découvert !
.... Quand, pour me reposer de mon travail pénible,
Seul, je rêve, le soir, près de mon feu paisible,
En lisant le journal que j'emprunte au voisin,
De notre beau pays je règle le destin.
De bien des rédacteurs imitant la jactance,
Comme je la voudrais, je me fais une France,
Clémente comme Dieu, belle de liberté,
Et sur son drapeau saint, j'écris : Fraternité !
Pour calmer ses douleurs, je donne au prolétaire
Une espérance au ciel, une fleur sur la terre ;
Du travail... pour qu'il puisse, à force de suer,
Soutenir ses enfants que la faim va tuer !
Du travail... pour garder et protéger sa fille,
Pour qu'elle reste pure au sein de sa famille ;
Pour qu'au vice opulent elle ne vienne pas
Livrer, pour un peu d'or, ses précoces appas.
Du travail... J'oubliais qu'à la pâle indigence
On vient de décerner le droit à l'assistance.
Nos modernes Solons, dans leur humanité,
Du droit de mendier nous font la charité...
Dans sa froide pitié, l'opulence soupçonne
Au vaillant travailleur le cœur d'un lazzarone...
Viens, pauvre Némésis, grâces à nos haillons,
Parmi les satisfaits tous les deux nous brillons·

Toi, par ta loyauté, ta justice sévère,
Ta plume incorruptible, et moi, par ma misère...
La plume du poète à l'ouvrier sied mal :
Hégésippe et Gilbert sont morts à l'hôpital !
Pauvres enfants du peuple, ils sont morts à la tâche !
Ne laissant après eux qu'une gloire sans tâche.
Hélas ! sur cette terre où naissent tant de fleurs,
Ils n'ont trouvé tous deux que misère et douleurs !
A leur âme, pourtant, Dieu donna le génie,
Le sentiment du beau, la force et l'énergie,
Un cœur noble et vaillant exhalant chaque jour
Des chants de liberté, d'espérance et d'amour.
Pour leurs frères du peuple, ils crièrent : Justice !
Ils eurent froid et faim !... Ils vinrent à l'hospice,
Pauvres abandonnés, dans un sublime adieu,
Remettre leur génie entre les mains de Dieu !

. . . .

. . . .

S'ils avaient, flétrissant leur noble intelligence,
Journalistes sans foi reniant leur croyance,
Sans autre culte au cœur que celui des écus,
S'ils n'avaient encensé, flatté que des repus :
S'ils avaient étouffé les élans du génie,
Pour écrire et parler avec la calomnie ;
S'ils avaient, absorbé par un bruit argentin,
Désavoué le soir l'idole du matin,
Ils auraient pu, chassant la misère importune,
Arriver au mépris, ainsi qu'à la fortune,
Et du prix de leurs vers s'amassant un trésor,
A genoux, dans la fange, adorer le veau d'or !

3

Ne vous récriez pas, *vertueux* journaliste,
Nous ne nous servons point des armes royalistes...
Tranquillisez-vous donc, messieurs les satisfaits,
Nous ne combattons pas les hommes, mais les faits...
Libre à vous d'arracher un cadavre à la terre,
Pour outrager le fils en diffamant le père!
Pour fouiller un sépulcre il faut être insensé!
La haine doit s'éteindre où la mort a passé!!!
N'est-ce pas une chose abominable, infâme!
Que de jeter l'insulte au tombeau d'une femme!
Et, sous le faux-semblant d'hypocrites regrets,
De venir au cercueil arracher ses secrets!

. . . .

. . . .

Viens, pauvre Némésis, que ta rime acérée
Aille marquer au front la *feuille modérée*...
Journal honnête et pur, si jamais il en fût,
Chantre du douze mars! salut! trois fois salut!
Ton présent est trop plein de bassesse et de honte,
Pour que de ton passé je te demande compte:
Chaste *Mémorial*, c'est d'hier seulement
Que notre Némésis date ton châtiment...
...Quand l'émeute grondait, quand le flot populaire
Dans la grande cité promenait sa colère,
Lorsque le peuple armé pour défendre ses droits
Chassa de son palais une race de rois,
Renfermant tes regrets dans ton âme loyale,
Tu ne défendis pas la majesté royale.
Non; mais tu retournas ton habit d'arlequin:
Royaliste, la peur te fit républicain...

La tourmente passa, tu relevas la tête :
Le courage te vint quand finit la tempête.
Et fort de ta *vertu*, beau d'indignation,
Tu donnas des regrets... à la subvention !
Habile à dénigrer.... contre la République
Tu publias d'abord un *factum* jésuitique.
Puis une calomnie, et puis deux et puis trois,
Tu redevins, enfin, le journal d'autrefois.
Dans ta colère aveugle et dans ta haine impie,
Tu frappas le talent, la bonté, le génie.
Fort de notre clémence, à la face du ciel,
Sur des noms honorés tu répandis ton fiel.
Insecte venimeux qui sur les fleurs butine,
Tu déposas ta bave au front de Lamartine,
Le mensonge devint ton arme de combat,
Tu frappas le tribun, tu frappas le soldat ;
Et, dépourvu de foi, le regard faux et louche,
La calomnie au cœur et l'insulte à la bouche,
Arrachant de ton âme un reste de pudeur,
Tu parles, sans rougir, de patrie et d'honneur !
Ah ! lorsque le destin après trente ans de gloire
Des mains de nos soldats arracha la victoire,
Lorsque le sol sacré de notre beau pays
Fut souillé par les pieds des soldats ennemis ;
Quand la France pleurait, éperdue envahie,
Qu'as-tu fait?... Et pourtant tu parles de patrie !
Des hontes du passé revendique ta part,
Depuis l'invasion jusqu'au vote Pritchard.
Aux soufflets étrangers tu présentas ta joue :
Ton passé, ton présent, tout est taché de boue.

Courtisan déhonté d'un pouvoir corrupteur,
Qu'as-tu fait pour parler de patrie et d'honneur?
Journal de l'égoïsme et des palinodies,
Le peuple sifflera tes plates comédies.
Le dégoût monte au cœur de tes rares lecteurs :
On se lasse bientôt des calomniateurs...
Il ne te manquait plus, *vertueuse* gazette,
Organe qui défends la *République honnête*,
Que de venir prêter l'appui de ta vertu
A l'homme qui par toi fut jadis combattu.
Je sais qu'à ce sujet une feuille *exaltée*,
Par tes propres écrits t'a déjà souffletée :
Que tes *sages* avis viennent m'édifier,
Je suis un prolétaire, un chétif ouvrier :
Dis-moi qu'elle est la cause, ou plutôt la merveille
Qui transforme en savant l'ignorant de la veille ?
Explique-moi comment le nom de président
Peut, d'un écervelé, faire un homme prudent ?
L'homme que tu frappas de ta lourde férule
N'est toujours à nos yeux qu'un prince ridicule.
Nous sommes convaincus que le constable anglais,
Que l'apprivoiseur d'aigle a le cœur peu français.
Explique-nous comment il te paraît utile
D'avoir pour président un ex-sergent de ville?
A la main qu'a flétrie un bâton de mouchard,
Tu veux de ton pays confier l'étendard :
Certaine qu'il pourrait, à défaut d'une épée,
Assommer l'ouvrier sous sa canne plombée !
Allons ! lève le masque et montre-nous ton front,
Où tant de démentis accumulent l'affront !

Déchirant le manteau de ton puritanisme,
Némésis a du doigt, montré ton égoïsme !
Journal des corrompus, par mon fouet meurtri,
La rage dans le cœur, descends du pilori !...
A d'autres mes pamphlets; Némésis vengeresse,
Quelque part qu'elle soit, frappera la bassesse.

. . . .

. . . .

Et maintenant, vous tous que l'amour du pays
Enflamme d'une sainte ardeur, SOYEZ UNIS,
Enfants du même Dieu, fils de la même mère :
A tous les citoyens que la France soit chère !
Le soleil donne à tous la vie et la clarté ;
La Foi nous illumine, et la Fraternité,
Au monde qui s'éveille accordant un sourire,
Vient, au nom de Jésus, établir son empire...
Riches, gardez votre or... le peuple n'en veut pas :
Tant qu'il est jeune encor et qu'il a de bons bras,
Il repousse du pied le droit à l'assistance ;
Le travail est son vœu, son tout, son espérance...
Non, de votre opulence il n'est pas envieux,
Mais qu'il puisse du moins, alors qu'il sera vieux,
Entouré par les siens dans les bras de sa fille,
S'endormir pour le ciel au sein de sa famille !

3 décembre 1848.

LA CROIX D'HONNEUR.

APRÈS LES ÉVÈNEMENTS DE LYON.

1832.

Vivre en travaillant, ou mourir en combattant !

Va, disparais de ma vieille poitrine,
Toi qui jadis faisais tous mon orgueil ;
Je veux cacher ta couleur purpurine
Sous les replis d'une écharpe de deuil.
Longtemps, hélas ! tu fus ma seule idole !
Tu ne dois plus te montrer sur mon cœur.
Vieux vétérans d'Austerlitz et d'Arcole,
    Cachons nos croix d'honneur !

Ils t'ont flétri... signe cher à la gloire,
Gage d'honneur, que le grand conquérant
Ne nous donnait qu'après une victoire,
Quand à nos pieds le monde était tremblant?
..... Ils en ont fait un honteux monopole...
Elle n'est plus le prix de la valeur.
Vieux vétérans d'Austerlitz et d'Arcole,
    Cachons nos croix d'honneur?

Quand l'étranger envahit la patrie,
Le roi félon qui nous fut imposé
Prostitua cette étoile chérie :
Le renégat en fut favorisé...
De nos soldats la brillante auréole
Orna l'habit d'un lâche déserteur?
Vieux vétérans d'Austerlitz et d'Arcole,
    Cachons nos croix d'honneur !

Mais de Juillet, enfin, la foudre gronde :
Le pleuple-roi vient d'abattre un tyran !
Pare, à ton tour, vieux conquérant du monde,
Ton viel habit d'un noble et vieux ruban ;
Que du passé le présent te console ;
La France est libre !... à ses fils le bonheur !
Vieux vétérans d'Austerlitz et d'Arcole,
    Montrez vos croix d'honneur !

Nos vieux drapeaux dans les airs se déroulent ;
L'esclave fuit devant la liberté !
Sur les débris des abus qui s'écroulent,
La Charte est là comme une vérité.
Que loin de nous l'adversité s'envole ;
A mon pays la gloire et la grandeur !
Vieux vétérans d'Austerlitz et d'Arcole,
    Montrons nos croix d'honneur !

Mais, au milieu de nos chants d'allégresse,
Un ciel obcur remplace un jour serein ;
Et l'ouvrier pousse un cri de détresse,
Pour demander de l'ouvrage et du pain !
Vite, opulents, qu'on lui donne une obole...
Vous refusez !... Pour calmer sa douleur,
Nous faudra-t-il, vieux vétérans d'Arcole,
    Vendre nos croix d'honneur !

Vous refusez !... Mais l'ouvrier s'avance :
Il veut du pain !... ses enfants n'en ont pas !
Il ne veut rien, rien de votre opulence ;
Il veut du pain !... du pain, ou le trépas !
Qu'un faible don l'apaise et le console ;
Il veut du pain trempé par sa sueur !...
Vieux vétérans d'Arsterlitz et d'Arcole,
    Vendons nos croix d'honneur !

Vous refusez !... et la guerre civile
Devient le prix de vos tristes refus :
Le sang français coule dans votre ville,
Ils sont debout !... et vous êtes vaincus!
Loin de leur cœur la clémence s'envole ;
Ils sont cruels par excès de malheur!...
Vieux vétérans d'Austerlitz et d'Arcole.
    Vendons nos croix d'honneur !

Mais, qu'ai-je vu?... Soldats, l'on vous décore...
Mes faibles yeux ne me trompent-ils pas?...
Des citoyens, quand le sang fume encore,
Des croix d'honneur!...soldats, n'acceptez pas!!!
Oserez-vous salir vos boutonnières
Par ce rubans qui doit vous faire horreur !
Car il est teint dans le sang de vos frères!!!
    Cachons nos croix d'honneur!

Helas ! pour prix de cette récompense
On vous impose un bien triste devoir.
Vous n'êtes plus les soldats de la France,
Vous devenez les soldats du pouvoir.
Et cette croix dont on vous fait largesse,
Elle est le prix du sang du travailleur!
Vous en parer serait une bassesse :
    Cachons nos croix d'honneur?

NÉMÉSIS GIRONDINES.

III.

AU JOURNAL DU PEUPLE.

Journal du Peuple! oh! oui, c'était un titre saint!
C'était une bonne œuvre! un généreux dessein!
De jeter, comme à Dieu l'on jette une prière,
Des paroles d'amour à la classe ouvrière:
De parler d'espérance, et de tendre la main
Au pauvre voyageur errant sur le chemin:
De vouer son talent et son intelligence
A calmer les chagrins de la pâle indigence:

Et, disciple du Christ, de ranimer sa foi
En lui criant: Debout! l'avenir est à toi!...
Lorsque sur un grabat, par la douleur tordue,
La misère, en hurlant, se débat éperdue;
Qu'elle dit à l'enfant qui pleure entre ses bras:
« Que me demandes-tu?... du pain?... je n'en ai pas! »
Hélas! nous comprenons qu'aux heureux de la vie
Elle jette un regard de colère et d'envie.
Oh! oui nous comprenons que des rêves affreux
Fassent bondir le cœur du père malheureux,
En contemplant son fils, de qui la bouche avide,
Tourmente vainement une mamelle vide!
Dont les doigts amaigris et crispés par la faim,
A sa mère qui pleure ont déchiré le sein!..:
Oh! vous ne savez pas combien les pauvres mères
Cachent au fond du cœur de souffrances amères.
Lorsque leur fils a froid et que l'âtre est sans'bois,
Nayant que leurs baisers pour réchauffer ses doigts!...
Pauvres petites mains, innocentes et pures,
Où l'hiver vient creuser de profonde gerçures,
On n'a pas fait pour vous de baume adoucissant:
Votre mère aux abois voit couler votre sang:
Elle n'a pour calmer les douleurs de votre âge
Que des baisers fiévreux et des larmes de rage!...
Quant la besogne manque, alors que l'ouvrier,
Ne fait plus de ses chants retentir l'atelier
Quant son joyeux marteaux ne frappe plus l'enclume,
La misère à son cœur verse de l'amertume...
Vainement le soleil, brillant dans un ciel pur,
Étale ses rayons sous un manteau d'azur:

Vainement le matin, près du ruisseau limpide,
Les fleurs semblent sourire à la rosée humide :
Vainement le zéphyr, de ses baisers discrets,
Effleure doucement la cime des guérêts...
Lorsque l'ange des nuits, de la nature entière,
Sur ses ailes d'argent recueille la prière...
L'ouvrier reste sourd aux doux concerts du soir ;
A son triste foyer la douleur vient s'asseoir !
Sans travail !... l'espérance a fui de sa demeure...
Il répond par des pleurs à sa femme qui pleure,
Car le travail, pour lui, c'est la vie et le pain !
Il en manquait hier, en aura-t-il demain ?...
Et pourtant il est jeune, il se sent du courage .
L'entendez-vous crier : Donnez-moi de l'ouvrage !
Par pitié !... pour mon fils !... je suis bon ouvrier...
Je suis habile et fort... j'ai faim !! Va mendier,
Répondent les repus ; la République est bonne,
De quelques aliments elle te fait l'aumône :
Tiens, voilà ta pâture !... et, pauvre abandonné,
Viens jeter à ton fils le pain qu'on t'a donné,
Souffre et ne te plains pas... Dévoré par la fièvre,
Le courroux sur le front, le dégoût sur la lèvre,
A ceux qui de ton sort ont pris tant de souci,
Viens, pauvre paria, viens donc crier merci,
Viens au *Journal du Peuple*, ami de l'indigence,
Apporter le tribut de ta reconnaissance...
De son *loyal concours*, pour lui donner le prix,
Amasse dans ton cœur des trésors de mépris.
Pauvre déshérité, pauvre chair à mitraille,
Prends la discussion pour ton champ de bataille ;

Pour combattre avec toi tes ennemis pervers,
Némésis vient t'offrir et son fiel et ses vers !

. . . .

. . . .

Quand avec l'ouvrier il fait cause commune,
Un journal rarement arrive à la fortune ;
On ne peut recueillir parmi les travailleurs
Que de la dignité... L'or se récolte ailleurs...
Que les gros enrichis, princes de la roture,
D'un *journal vertueux* fassent leur créature,
Messieurs les satisfaits sont assez généreux
Pour avoir des journaux qui marchent avec eux ;
Ces gens font leur métier... Mais tromper l'indigence,
Journal du Peuple, au peuple enseigner la vengeance,
Insulter aux douleurs de ceux qu'on voit souffrir,
C'est une chose infâme, et que l'on doit flétrir !
Journal du Peuple, toi qui, pour sécher nos larmes,
Sonnes depuis huit mois le tocsin des alarmes,
Qui traitas sans pitié nos frères égarés
D'assassins, de voleurs, de forçats libérés,
De gueux, de scélérats et de vile canaille,
Qu'il fallait écraser, broyer sous la mitraille.
Pour des hommes trompés tu voulais des bourreaux !
Mais le sang des martyrs enfante des héros !...
Les vainqueurs aux vaincus doivent de la clémence :
Après le châtiment, pourquoi crier vengeance !
Poignarder un cadavre inspire du dégoût !
L'adversaire est sacré quand il n'est plus debout :
La haine pervertit et déshonore l'âme :
Et, pour dire aujourd'hui comme une reine infâme,

Qu'un cadavre ennemi doit toujours sentir bon,
Les royaux visiteurs manquent à Montfaucon !

. . . .

. . . .

. . . .

. . . .

Journal du Peuple, toi qui mets tout ton génie
A vivre par l'insulte et par la calomnie ;
Toi qui, malgré ton goût pour le blanc,
Ne parle chaque jour que de guerre et de sang :
Là ce sont des complots, là c'est la guillotine ;
Ici l'on te menace et là on t'assassine ;
Plus loin des ouvriers, l'œil en feu, les bras nus,
Ont tenté d'assommer tes rédacteurs barbus...
Mais ces nouveaux Samson ont fait faire à leur canne
L'office que jadis fit la mâchoire d'âne.
La victoire leur reste et devant leur courroux,
Les lâches Philistins ont ployé leur genoux !
D'un fœtus de congrès l'illustre secrétaire,
Sans pitié ni merci frapppe le prolétaire ;
Ses haillons ont toujours inspiré du mépris
Au riche rédacteur de l'ancien *Homme Gris*.
Ce grand homme d'État, *ci-devant démocrate*,
Nous traite de *manants* comme un aristocrate :
Il occupe au théâtre une loge d'honneur ;
Son domestique anglais l'appelle monseigneur ;
Le Pactole, pour lui, coule dans la Gironde ;
Il puise à pleine mains à sa source féconde...
Mais il faut respecter cet écrivain moral ;
Laissons le rédacteur, et frappons le journal...

Du sort des ouvriers puisqu'il se dit l'arbitre .
Voyons ce qu'il a fait pour mériter son titre :
Il a , dans ses écrits, pleins de haine et de fiel.
Maudit l'Égalité , cette fille du Ciel.
Vous qui n'étiez hier que des bêtes de somme,
Ne remerciez pas ceux qui vous ont fait homme.
Dieu ne vous a donné ni cœur ni dignité ;
Rampez, rampez toujours, fils de la pauvreté,
Orgueilleux travailleurs dont la tête se lève ,
Rentrez dans le néant, vous n'avez fait qu'un rêve !
Vous souffrez, dites-vous ; votre famille a faim !
Mendiez : l'opulent vous donnera du pain.
Vous aviez au pouvoir Arago , Lamartine,
Et vous ne voulez pas souffrir de la famine !
Ah ! si vous aviez eu Thiers, Guizot ou Molé,
Vous auriez vu soudain le peuple consolé.
Il faut, pour le guider, ces hommes magnanimes,
Flatteurs de tous les rois et de tous les régimes,
Qui, chassés le matin , s'en reviennent le soir,
Routiniers du chemin , reprendre le pouvoir.
La France vainement les hait et les méprise :
Mais la France, pour eux, c'est une marchandise,
Un colis, un ballot qu'on achète et qu'on vend :
Une femme au cœur d'or , qu'on peut tromper souvent :
Une fille publique , accordant sa tendresse
A l'homme déhonté qui la bat et l'oppresse !
Oui, le *Journal du Peuple*, ami de l'ouvrier,
Ne veut rien accepter des jours de Février.
A notre République il a gardé rancune :
Modeste et vertueux, la clarté l'importune.

De la fraternité les sublimes soldats
Ne sont, pour ce journal, *qu'un tas de scélérats*.
Contre ses saletés le travailleur proteste ;
Il se souvient encor de Despans et de Teste.
Par tous les gens de cœur et par tous les partis,
Maudit et repoussé... Malgré les démentis,
Regarde, travailleur, il calomnie encore ;
Il désigne DUPONT, Cavaignac et Dufaure ;
Et pour flétrir ces noms pleins d'honneur et de foi
Qui soutiennent ta cause et marchent avec toi,
A ces sublimes cœurs saturés d'injustices
Il prête ses défauts, sa bassesse et ses vices !...
Lui, le *Journal du Peuple !* oh ! non, mille fois non.
Que de son frontispice il efface ce nom.
Non, non, le travailleur, le peuple véritable,
Ne prend pas pour organe un journal méprisable !

. . . .

. . . .

. . . .

. . . .

C'est pour toi, c'est pour tous, peuple calomnié,
Que le fils de Marie est mort crucifié...
Opulents d'ici-bas, gardez votre fortune ;
Nous n'élevons vers vous notre voix importune
Que pour vous demander du travail ! du travail !
Pourquoi donc de ce mot faire un épouvantail ?
Et pourquoi sans pitié repousser la misère
Qui vous offre ses bras pour féconder la terre ?
Laissez-nous demander à son sein généreux
Les trésors de ses fruits pour ses fils malheureux !

Non, le droit au travail n'est point une utopie,
C'est le droit de manger, c'est le droit à la vie.
Au pain que la pitié jetterait à nos pleurs,
Nous préférons le pain que trempent nos sueurs !

25 décembre 1848.

UN NOUVEAU NOBLE.

1846

AIR : *Tout le long de la rivière.*

Bravos nos grands hommes d'État
Viennent de faire un coup d'éclat :
Pour que les sots s'y laissent prendre,
Ils ont mis les titres à vendre...
Demain nous pouvons Dieu, merci,
Être ducs, comtes ou marquis...
Rampons, rampons ! à force de bassesse
Nous pouvons acheter un titre de noblesse,
On peut acheter la noblesse.

Un viellard à l'esprit caduc,
Voulant se faire nommer duc,
Le front bas et l'air lamentable,
Au ministère déplorable
Hurlait d'une voix de fausset
Le contenu de son placet :
» Ah ! disait-il, on connait ma bassesse,
» Vous pouvez me donner un titre de noblesse,
    » Allons, donnez-moi la noblesse.

    » Guizot, je vous aime, mon cher,
Je suis la chair de votre chair...
Vous avez sauvé la patrie ;
Faites-moi noble, je vous prie !
Je suis dans les conservateurs,
    » Et tous les miens sont électeurs.
» Quelques journaux m'accusent de bassesse :
» Ne me refusez pas un titre de noblesse ;
    » Allons, donnez-moi la noblesse !

    » Je n'ai jamais été soldat...
    » Je fus un médiocre avocat ;
    » Mes antécédents sont sublimes ;
    » Serviteur de tous les régimes,
    » Des trois couleurs, du drapeau blanc,
    » J'ai crié vivent Pierre et Jean !
» A l'apostat connu par sa bassesse
» Pourriez-vous refuser un titre de noblesse ?
    » Allons, donnez-moi la noblesse !

J'ai toujours été, sans efforts,
» Du même avis que les plus forts;
» Enfin, ma conscience pure,
» Bravant le mépris et l'injure,
» Se rangea, toujours prudemment,
» De l'avis du gouvernement...
» Le peuple seul me taxe de bassesse:
» Ne me refusez pas un titre de noblesse;
  » Allons, donnez-moi la noblesse!

» O ministère bien-aimé,
» D'un titre je suis affamé...
» D'honneur, à la race nouvelle,
» Comme aux autres, je suis fidèle;
» Mais, puis-je porter plus long temps
» Un nom que sifflent les manants?
» Ah! vous devez honorer la bassesse,
» Vous allez m'accorder un titre de noblesse!
  Et le grand homme eut la noblesse.

NÉMÉSIS GIRONDINES.

IV.

A LA GUIENNE.

Qu'elle serve le peuple, ou qu'elle serve un roi,
Quelque part qu'elle soit nous respectons la foi.
Némésis ne flétrit, au nom de la morale,
Que les cœurs sans amour ou la plume vénale.
S'il adore et craint Dieu, s'il est homme de bien,
Nous honorons le Juif à l'égal du chrétien...
Lorsque l'on croit marcher vers un but honorable,
D'un esprit convaincu l'erreur est respectable.

Tels deux fleuves partis de deux points différents,
Sur des lits inégaux roulent leurs flots errants
L'un court dans les déerts, l'autre court dans les villes ;
A la ville, au désert, tous les deux sont utiles.
Divisés dans leurs cours par des détours nombreux,
Ils viennent dans la mer se réunir tous deux.
On peut, en poursuivant une même pensée,
Prendre, pour arriver, une route opposée :
Mais le légitimiste et le républicain
Doivent se réunir dans l'amour du prochain.
Pour le bonheur de tous et pour notre croyance,
Combattons par la plume et par l'intelligence.
Les combats de l'esprit doivent être permis
Quand on sait respecter jusqu'à ses ennemis.
Des haines de partis déchirons la bannière,
De la discussion doit jaillir la lumière ;
Car pour faire comprendre un noble sentiment,
La balle d'un mousquet est un triste argument !

En cela j'en suis sûr, vertueuse *Guienne*,
Ton avis est le mien, ta pensée à la mienne :
Némésis ne vient pas discuter avec toi,
Je te l'ai dit plus haut, nous respectons la foi.
Tu peux continuer ton rêve monarchique,
Il n'ébranlera pas la jeune République ;
Nous nous sommes instruits des fautes du passé ;
Je crois que pour toujours le peuple a prononcé.
L'égoïsme des rois a trop fait de victimes ;
Les droits du peuple, seuls, sont saints et légitin ...

Maintenant, libre à toi de penser autrement...

..... Je viens te demander de m'expliquer comment,
Semblable à ces journaux vendus, pusillanimes,
Pour un Napoléon aujourd'hui tu t'escrimes ?
Sous les murs de Pavie, un jour François-Premier,
Ce cœur noble et vaillant, ce loyal chevalier,
Aux mains de Charles-Quint remettait son épée,
Par le sang espagnol encor toute trempée,
En disant, noble et fier en face du malheur,
Qu'il avait tout perdu, tout, excepté l'honneur !
Il n'aurait pas voulu, ce roi plein de noblesse,
Acheter un triomphe au prix d'une bassesse...
La Guienne devait imiter la vertu
Du roi que le revers n'avait point abattu :
Pour calmer les douleurs de son long esclavage,
Il avait avec lui l'honneur et le courage !
La Guienne, évoquant ce grand nom du tombeau,
Aurait dû s'inpirer d'un exemple si beau,
Et, soutenant sa cause en invoquant l'histoire,
Étayer son drapeau par vingt siècles de gloire ;
Elle aurait pu montrer le dernier de nos rois,
Par ses soldats vainqueurs porté sur le pavois.
Clovis, le roi chrétien, vainqueur de la Bretagne,
Pepin le politique, et son fils Charlemagne,
Ce valeureux guerrier, chef habile et prudent,
Qu'un pape couronnait empereur d'Occident ;
Qui voulut que son fils, qui partagea son trône,
Lui-même, sur son front, se plaçât la couronne,
Comme pour indiquer, en ce jour solennel,
Qu'il ne reconnaissait de maître que le Ciel !

Philippe-le-Croisé qu'illumina la grâce
Et qu'aurait dû chanter les vers divins du Tasse,
Philippe de Valois, échappant au danger,
Celui que le malheur n'a pu décourager,
Qui disait en fuyant : Mon désastre est immense ;
Mais j'emporte avec moi les destins de la France !
Jean-le-Bon qui voulait que, dans le cœur d'un roi,
La justice régnât avec la bonne foi !
Charles-Sept, ce guerrier transformé par sa belle,
Que sauva Jeanne d'Arc, la vaillante Pucelle,
Sous qui le connétable et le brave Dunois
Chsssèrent les Anglais du palais de nos rois !
Ce Béarnais si bon, ce vaillant Henri-Quatre
Qui savait pardonner, comme il savait combattre ;
Louis-Quatorze, enfin, ce magnifique roi,
Cet orgueilleux tyran, qui dit : l'État, c'est moi !

..... Il aurait été beau, vertueuse *Guienne*,
De laisser de côté l'humilité chrétienne,
Et de nous rappeler que le royal enfant,
De tant d'illustres rois est le seul descendant.
Il fallait dévoilant ce que ton cœur renferme,
Relever ton drapeau d'une main noble et ferme,
Pousser ton cri de guerre au moment du combat,
Combattre bravement et mourir en soldat.
Mais renier ta foi, tremblante humiliée,
De tes persécuteurs te faire l'alliée ;
Abaisser devant eux tes drapeaux avilis :
A l'aiglon de Strasbourg vendre tes fleurs de lis ;

A ses ongles de fer livrer ton oriflamme,
C'est une chose horrible, abominable, infâme !...
Tombeaux de Saint-Denis, ouvrez-vous à ma voix !
Levez-vous du sépulcre, ombres de tous nos rois ;
Voyez les défenseurs de vos races royales
Employer au combat des armes déloyales.
A défaut de l'épée, à défaut de poison,
Ils s'arment de la ruse et de la trahison.
Du fils de saint Louis pour sauver la fortune,
Avec un Bonaparte ils font cause commune.
Le *Corse*, le *brigand*, le *détrôneur de rois*
Est par eux applaudi des mains et de la voix !
Venez, rois, levez-vous de vos demeures sombres !
Némésis, évoquant vos valeureuses ombres,
Brise de vos cercueils le couvercle de plomb ;
Morts, venez leur clouer votre mépris au front !
Journal de peu de foi, de ces excès de honte
Peut-être l'avenir te demandera compte.
Organe d'un parti, par ta déloyauté
Tu viens d'assassiner la légitimité !

. . . .

. . . .

Lève-toi, Némésis, ta voix indépendante
N'a pas pour interprète une plume éloquente :
Elle a la vérité... Nous laissons le savoir
Aux gens de *la Guienne* et du journal du soir.
Viens donc, ma Némésis, au journal monarchique
Dire la vérité, sans fleurs de rhétorique ;
Viens nous dire pourquoi *la Guienne*, aux abois,
N'a pas osé parler des vertus de ses rois !

Sans doute elle craignait que du fond des abîmes
Ne se levât contre eux la voix de leurs victimes.
Hélas! de leur histoire et de leur drapeau blanc,
La gloire disparaît sous des taches de sang!
Nous y voyons le fils armé contre le père;
Le frère, pour régner, assassiner son frère;
Des rois, de leur couronne oubliant la splendeur,
Sans entrailles, sans foi, sans vertu, sans pudeur,
Amoureux de débauche et de plaisirs infâmes,
Déshonorer nos sœurs, nos filles et nos femmes;
D'habiles pourvoyeurs, jeter chaque matin
Une vertu de vierge au royal libertain.
Et pour ceux qu'on frappait ainsi dans leur famille,
Charles-Cinq, l'éloquent, fit bâtir la Bastille.
Qui redira jamais combien ses noirs cachots
Ont étouffé de cris, de lugubres sanglots!
Combien a-t-il caché de trépas magnanimes
Ce sépulcre béant attendant des victimes!
Le peuple, par ses rois toujours sacrifié,
Toujours persécuté, toujours crucifié,
Aveugle exécuteur des vengeances royales,
Contre son propre sein tourne ses mains loyales.
On lui vole ses fils pour faire des soldats;
Pour soutenir le trône on le forme aux combats:
Et pendant les horreurs de la guerre civile,
Il assassine un frère, il saccage une ville;
Tuer est son métier, obéir est sa loi:
Sa vie et son honneur, tout appartient au roi!
Tout appartient ou roi!... La luxure royale
Peut souiller d'un sujet la couche nuptiale,

Imprimer à son front la honte et le mépris :
La Bastille était là pour étouffer ses cris...
Le sang libérateur du couronné d'épines
N'a pas coulé pour lui des blessures divines...
Pour arriver au trône, un habile intrigant
Se fait de son cadavre un marchepied sanglant.
Sous Clodion, Clovis, Chilpéric ou Clotaire,
Toujours le sang du peuple a coulé sur la terre...
Avides de notre or, des bourreaux couronnés
S'emparent des trésors des Juifs assassinés,
Et contre des sujets égarés, mais fidèles,
Exercent chaque jour des vengeances cruelles :
Là, c'est Philippe-Auguste, au nom d'un Dieu de paix,
Faisant par des Français égorger des Français !
Royal inquisiteur, inventant pour des femmes
Des supplices affreux, des tortures infâmes !
Louis-Onze insultant ses malheureux sujets,
Par un édit royal condamnés aux gibets.
Faux ami, mauvais fils, s'armant contre son père,
Assassin de son peuple, assassin de son frère,
Tigre à face de roi de qui l'histoire a dit :
« Il cacha sous la pourpre une âme de bandit ! »
Charles-Neuf le maudit, le tueur d'hérétiques,
Transformant en bourreaux ses sujets catholiques,
Des fenêtres du Loùvre, attentif, l'œil au guet,
Contre les protestants déchargeait son mousquet,
Souriant aux bravos des puissants du royaume,
Quand sa balle frappait la poitrine d'un homme.
Henri-Trois, Louis-Treize et Louis-Quinze, enfin,
Cet ignoble marchand trafiquant sur la faim,

Sans pitié pour les cris des mères éplorées,
Affamant ses sujet pour vendre ses denrées.
Ce viellard libertin, usant ses derniers jours
Au sein de la débauche et de sales amours ;
Payant au poids de l'or des baisers impudiques,
Quand son peuple mourait sur les places publiques,
Tué par la misère !!... Et l'on a surnommé
Ce royal scélérat Louis-le-Bien-Aimé !!!

. . . .

. . . .

Sans doute elle avait peur, le feuille vertueuse,
D'étaler à nos yeux cette lèpre hideuse :
Au peuple, si longtemps par les rois exploité.
Comment oser encor parler de royauté ?
Il fallait le tromper... la feuille royaliste
Se fit républicaine, et puis bonapartiste,
Abandonna sa foi ; sous les yeux du pays
Déserta pour combattre avec ses ennemis :
Sous le mépris public, qu'elle reste flétrie :
Renier son drapeau, c'est trahir sa patrie !

7 janvier 1849.

CINQ CENT MILLE FRANCS !

1835.

—◇—◇—

Tribuns, Philippe Boniface,
Roi magnifique et généreux,
Qui règne sur nous par la grâce
Des forts de la halle et des gueux,
Nous a chargé de vous instruire
Qu'il a conjoint son fils cadet.
En son nom nous venons vous dire :
Cinq cent mille francs s'il vous plait !

Doter un prince est chose utile.
Que peut un roi pour son enfant !...
Ah ! la pauvre liste civile
N'a pas quarante écus comptant...
Le monarque, sur sa cassette,
En dehors des fonds du budget,
Paie une police secrète...
Cinq cent mille francs, s'il vous plaît !

Tribuns, pressurez la patrie
Pour en tirer quelques écus :
Ne vexez pas, je vous en prie,
Notre bon roi par un refus !
Son cadet est millionnaire...
Mais la France est sa vache à lait ;
A son gré le roi peut la traire.
Cinq cent mille francs, s'il vous plaît !

Français, votre bénin monarque,
Votre élu, votre enfant gâté,
Demande une nouvelle marque
De votre générosité.
Le Titus de votre patrie
En appelle à votre gousset :
Pour que son cadet se marie,
Cinq cent mille francs, s'il vous plaît !

C'est un peu cher ; mais la future
Du noble fils de votre élu
N'est pas femme, je vous le jure,
A se livrer pour un écu.
Députés, grâce à notre zèle,
Pour l'un des princes de Juillet
Nous dénichons une pucelle.
Cinq cent mille francs, s'il vous plaît !

Manants que l'aveugle fortune
Laisse végéter sans emplois,
Pour la prospérité commune
Dieu donne des enfants aux rois.
Nemours, las de rouler sa bosse,
Prend une femme qui lui plaît.
C'est au peuple à payer la noce :
Cinq cent mille francs, s'il vous plaît !

Qu'au champ d'honneur le brave tombe,
La France adopte ses enfants ;
Pour la veuve du brave Combe
Vous avez voté huit cents francs !...
C'est une inutile dépense ;
Pour un prince qui n'a rien fait,
Au nom de l'honneur de la France,
Cinq cent mille francs, s'il vous plaît !

Votez, sinon le ministère,
Tribuns, se retire demain.
Or, grâce à lui, le prolétaire
Manque de travail et de pain.
En France la misère est grande,
Mais qu'est-ce que cela vous fait?
Pour une princesse allemande,
Cinq cent mille francs, s'il vous plaît!

De l'or! de l'or! votez, canaille!
Au roi l'on ne refuse rien.
C'est le revers de la médaille
De votre pouvoir citoyen...
Chaque monarque est une éponge
Qui pompe les fonds du budget,
C'est un chancre au peuple qu'il ronge :
Cinq cent mille francs, s'il vous plaît!

—◇—◇—

NÉMÉSIS GIRONDINES.

V.

AU PEUPLE.

-◇--◇-

Quand le nom vénéré d'un homme de génie
Est sali par l'injure et par la calomnie ;
Quand le peuple trompé, se retirant de lui,
Vient reprendre à ses mains son éphémère appui ;
Alors qu'il reste seul, qu'aux bravos de la foule
Sa popularité sous le mensonge croule ;
Oh ! que parmi le peuple il se lève une voix
Pour venir consoler ce martyr sur la croix !

Puisses-tu, Némésis, dans ta juste colère,
Épargner le sarcasme au bon sens populaire...
Va, ce n'est pas sur lui que ton bras doit frapper.
Par la ruse et l'intrigue on a pu le tromper ;
Mais la corruption n'a pourri que l'écorce :
L'arbre est toujours debout, plein de sève et de force ;
Car le peuple géant aux musculaires bras,
Noble cœur qu'on égare et qu'on n'achète pas,
De quelques intrigants incessante pâture,
Au creuset du malheur s'ennoblit et s'épure !...
Viens donc ma Némésis, avant que tes pamphlets
Ne viennent du veau d'or châtier les valets ;
Avant de démasquer et de flétrir l'usure,
D'un cœur noble et vaillant viens panser la blessure :
Au nom de l'ouvrier qui t'appelle sa sœur,
Viens des abandonnés bénir le défenseur...

. . . .

. . . .

La royauté fuyait !... La vague populaire
Promenait dans Paris sa terrible colère,
Trombe immense, broyant sous ses noirs tourbillons,
D'un pouvoir corrompu les nombreux bataillons...
La voilà !... Vainement, pour conjurer sa rage,
Une digue de fer s'oppose à son passage :
Elle avance toujours... et ses mugissements
Ébranlent les palais jusqu'en leurs fondements ;
L'œil en feu, la voix forte et la poitrine nue,
La menace à la bouche elle court dans la rue :
Dégoûtante de sang, l'hydre aux cent mille bras
A jonché le pavé des corps de nos soldats !

Dans le palais des rois la voilà triomphante ;
Elle écrase, elle tue, ivre, folle, sanglante,
Terrible, elle revient, pour la troisième fois,
S'asseoir, déguenillée, au trône de ses rois !
Place au peuple en haillons ! Pour un jour, pour une heure,
Il habite à son tour la royale demeure,
Sur des tapis soyeux il essuie, en riant,
Ses gros souliers ferrés, pleins de boue et de sang !...
Place au peuple vainqueur !... Pour ses longues souffrances
Il a droit d'exiger de terribles vengeances !
Hélas ! plus il souffrait et plus vous le frappiez ;
Il manquait de pain, lui, quand vous dilapidiez,
Dans vos riches salons, brillantes tabagies,
Le prix de ses sueurs en de sales orgies.
Nous, pressurés d'impôts, faibles et languissants ;
Vous, toujours bien nourris, vous, riches et puissants,
Vous demandiez de l'or à toutes nos détresses
Pour payer vos flatteurs, pour payer vos maîtresses.
Oh ! oui, le souvenir de nos longues douleurs
Amoncèle sur vous de terribles malheurs !...
Vengeance !... Mais voilà qu'un sublime poète,
Dominant tout à coup le bruit de la tempête,
Au nom du Dieu martyr mort pour tous sur la croix,
Au peuple qui l'aimait fit entendre sa voix :
« Assez de sang, dit-il, la terre en est flétrie :
» Nous sommes les enfants d'une même patrie ;
» Peuple, laisse tomber ton terrible courroux ;
» Le Christ, le fils de Dieu nous a dit : Aimez-vous !
» Au nom de tes douleurs, au nom de tes misères,
» A tes bourreaux vaincus donne le nom de frères...

» Du profond de mon cœur je t'implore aujourd'hui.

» Fort comme l'Éternel, sois clément comme lui.

» L'avenir est à toi ; va, ce n'est point un rêve,

» Sur les trônes brisés l'Égalité se lève.

» Viens par tes cris d'amour saluer son réveil ;

» Dieu te donne ta part aux rayons du soleil.

» Nous sommes tous égaux, et la pâle indigence

» Ne s'attellera plus au char de l'opulence.

» Sur les fronts couronnés le Simoun a passé ;

» Du peuple souverain le règne a commencé.

» Peuple, gloire à ta force et gloire à ta misère !

» Tu viens par la clémence inaugurer ton ère.

» Il est beau d'accorder un généreux pardon

» A l'ennemi qu'on peut broyer sous son talon ! »

Et le peuple à genoux pleurait de douces larmes,

Et ses puissantes mains déposèrent les armes.

De la fraternité célébrant le retour,

La France tressaillit sous un long cri d'amour...

Et cet homme si grand, si beau, si magnanime,

Ce poète puissant, cet orateur sublime,

Dont la sainte éloquence offrait à nos douleurs

Comme un baume divin ses poétiques fleurs,

Il est chéri de tous... Et le peuple, sans doute,

Du sommet du pouvoir lui prépara la route !...

Il est, au nom du Peuple et de la Liberté,

Par des milliers de voix au pinacle porté !

Non... l'on a repoussé, comme un homme inutile,

Celui qui nous sauva de la guerre civile :

Quand le verdet s'attache à le calomnier,
Le peuple égaré, lui, vient de le renier !
Abandonné de tous !... L'épreuve est forte et rude,
Et son cœur doit saigner de tant d'ingratitude !...
Il est, comme le Christ, ce Dieu de vérité,
Renié par les siens, méconnu, souffleté ;
Quand sa bouche ne dit que de saintes paroles,
La verge des méchants flagelle ses épaules.
Il sema de l'amour, il cueille du mépris...
Il ne lui manque plus, à cet homme incompris,
Pour le faire grandir jusqu'aux vertus divines!
Que le manteau de pourpre et la branche d'épine !

. . . .

. . . .

Oh ! viens, ma Némésis, viens, reprends ton fouet, -
Des repus d'ici-bas le peuple est le jouet ;
Viens, rallume ta torche, et que le prolétaire
A sa rouge clarté pour l'avenir s'éclaire...
De la démocratie, intrépide soldat,
Que l'ouvrier soit prêt au moment du combat.
Des anciens satisfaits il connaît les mérites,
Et son mépris s'attache à leurs noms hypocrites ;
On a beau l'appeler démagogue ou verdet.
Contre un vote paisible échangeant son mousquet,
En dépit de l'intrigue et de la calomnie,
La guerre de la rue est à jamais finie.

. . . .

. . . .

Viens, ma Némésis, viens, frappe sur ces banquiers
Qu'un Dupin a flétri du nom de *loups-cerviers* :

Ces trafiquants d'écus, dont l'âme est dans la caisse,
Qui se feraient Prussiens quand les fonds sont en baisse ;
Ces gens puant l'usure, escomptant nos sueurs,
Augmentant leur fortune au prix de nos douleurs !...
N'est-ce donc pas assez de ce trafic infâme
Sans qu'ils cherchent encor à nous corrompre l'âme ?
Ils entourent d'amour monsieur de Girardin,
Et pour Dupont (de l'Eure) ils n'ont que du dédain :
Ils portent dans leurs cœurs Bugeaud le philanthrope,
Qui préférait nous voir envahis par l'Europe
Que de voir introduire un seul bœuf étranger...
Du bœuf... le travailleur ne doit pas en manger ;
Et courbés sous le poids d'un travail de douze heures,
Ils trouveront, le soir, dans leurs pauvres demeures,
Pour ranimer leur corps par la fatigue usé,
Un morceau de pain sec, de piquette arrosé.
Mais Bugeaud, le sabreur, vendra mieux ses fourrages ;
Le bétail qu'il élève en ses gras pâturages,
En beaux et bons écus sera payé comptant.
Que Bugeaud s'enrichisse et le peuple est content...
Depuis la République, hélas ! les royalistes
Ont cessé tout à coup d'être libre-échangistes :
Car de leurs arguments détruisant la valeur,
Ils viennent d'appuyer Thiers le monopoleur.
Avec Bugeaud, Molé, Buffet, Cunin-Gridaine,
Ils poussent la Gironde à sa perte certaine.
Pour nous, toujours imbus des mêmes vérités,
Nous voulons tous les droits, toutes les libertés !
. . . .
. . . .

Maintenant, travailleurs, espérance et courage !
Les flots sont soulevés, la tempête fait rage ;
Attendons dans le port ; navigateurs prudents,
Pour reprendre le large, attendons le beau temps.
Et puisque le travail nous fuit nous abandonne,
Habituons-nous donc à demander l'aumône.

21 janvier 1849

NÉMESIS GIRONDINES.

VI.

A M. DENJOY.

—⟶-⟜-

Ombre de Cicéron ! ombre de Démosthène !
Illustres citoyens et de Rome et d'Athènes,
Levez-vous du cercueil, orateurs éclatants,
Dont les noms glorieux, respectés par le temps,
Des révolutions traversant les orages,
Sont demeurés debout sur les débris des âges,
Levez-vous ! levez-vous ! sublimes trépassés,
Et courbez votre front : vous êtes surpassés !...

Et toi, tribun puissant, dont le regard de flamme,
Rayon éblouissant du foyer de ton âme,
N'a jamais contemplé la face d'un rival,
Riquetti Mirabeau, descend du piedestal,
Et toi, fougueux Danton, rival de Robespierre,
Sors triste et résigné de ton lit de poussière,
Un autre, de ton cœur retrouvant les élans,
Réchauffe notre foi par ses discours brûlants ;
Un orateur gascon se cramponne à ta place,
En criant : de l'audace et toujours de l'audace !
Et toi, jeune Barnave, et toi savant Brissot,
Cœurs ardents que la mort a moissonnés trop tôt,
Sans donner un regret à vos belles années,
Vous pleuriez du pays les tristes destinées !
Mort pour votre patrie et pour nos libertés,
Vos noms, selon vos vœux, sont réhabilités !
Et toi dont la terreur assassina la gloire,
Mirabeau, Girondin sans égal dans l'histoire,
Victorin Vergniaud, magnifique orateur,
De ta noble éloquence atteignant la hauteur,
Toi que nul n'égala, toi le fort, toi le maître...
Le sous-préfet Denjoy t'a surpassé peut-être.
Robespierre, Guadet, Camille Desmoulins,
Ombre des Montagnards, ombre des Girondins.
Berryer, Thiers, Guizot, O'Connell, Malleville,
Lamartine, Barrot, Molé, de Tocqueville,
De Villèle, Périer, Garnier-Pagès, Dupin,
Foy, Benjamin Constant, Jaubert, Ledru-Rollin,
Jules Favre, Mauguin, Royer-Collard, Dufaure,
Manuel, Martignac, et tant d'autres encore,

evant l'astre Denjoy votre étoile a pâli :
jette sur vos noms le manteau de l'oubli !...
ue n'ai-je, Némésis, pour servir ta pensée,
châtier l'orgueil une plume exercée ;
pourrais, sans pitié, venir chaque matin,
u pilori du peuple attacher un pantin,
éduire à leur valeur ces foudres d'éloquence ;
aupoudrant leurs discours avec l'impertinence,
ue d'infâmes journaux proclament orateurs,
arce qu'ils sont, comme eux, des calomniateurs.
. . . .

. . . .
es hommes du passé je comprends la rancune ;
ais qu'on ne vienne pas, du haut de la tribune,
a haine dans le cœur, sûr d'être démenti,
ommes *d'ordre et de paix*, insulter un parti...
'imprudent dont la voix provoque la tempête,
n face du danger peut relever la tête,
ourire à la tourmente, et, pilote insensé,
'exposer à périr sous le flot courroucé ;
echercher le péril, ce n'est pas le courage :
'est de l'aveuglement, de l'orgueil, de la rage !
la Convention, le généreux Ferraux,
'est autre Girondin qu'épargna l'échafaud,
ux fureurs de l'émeute opposait sa poitrine,
orsqu'il tomba frappé d'une balle assassine !
fut grand et sublime ; il mourut noblement.
artyr de son courage et de son dévoûment.
orreur !!! Voilà qu'un homme à face dégoûtante.
orte au bout d'une pique une tête sanglante !

Sur les représentants promenant son regard,
Il brandit en riant cet ignoble étendard !
Et la foule, au bourreau servant de coryphée,
Escortait en hurlant cet horrible trophée !...
Quand ce drapeau sanglant fut placé sous ses yeux,
On vit Boissy d'Anglas, bravant les furieux,
Pâle, mais calme et froid, le front haut, l'œil humide,
Saluer noblement cette tête livide !!!
Vous parlez de courage... Au fort de sa fureur,
Camille Desmoulins attaquant la terreur,
Fut dévoré par elle... et son front héroïque
Reçut sur l'échafaud sa couronne civique.
Robespierre autrefois dénoncé par Louvet :
Lanjuinais discourant devant un pistolet ;
Malesherbes, enfin, viellard brisé par l'âge,
En défendant son roi fit preuve de courage...
Tous bravaient le péril pour un noble motif..
Mais que de notre époque un orateur chétif,
Nourrissant dans son âme une pensée occulte,
A des hommes d'honneur vienne jeter l'insulte,
Se posant en martyr, parodiant Ferraud,
Dire à tout un parti : Vous voulez l'échafaud !
Des *journaux modérés* c'est se faire l'oracle ;
C'est vouloir à tout prix se donner en spectacle...
Oh ! tranquillisez-vous, monsieur le sous-préfet,
La République existe, et son premier bienfait
Fut une chose grande, une chose divine !
Elle a de notre sol chassé la guillotine ;
Car le peuple est humain autant qu'il est puissant ;
Nous, les républicains, nous les hommes de sang,

Au nom du Dieu d'amour nous l'avions abolie ;
C'est vous, c'est vos pareils qui l'avez rétablie...
Tâchez d'être logique, illustre citoyen...
Car à votre grand cœur nous ne demandons rien...
. . . .
. . . .

Un jour *la voix de Dieu*, c'est vous qui nous le dites,
Sans doute cette voix connaissait vos mérites...
Vous dit : Lève-toi, marche !... Et vous êtes venu,
Vous, pauvre sous-préfet jusqu'alors inconnu,
Désigné par Lesparre et par la Providence,
Pour finir nos douleurs et pour sauver la France...
Je conviens que c'est vous et le *Mémorial*,
Du parti *modéré*, cet organe loyal,
Qui sauvâtes la France en ces tristes journées
Où des gloires, hélas ! tombèrent moissonnées !
Vous êtes un héros, Cavaignac n'est qu'un fat.
Sur le *Mémorial* rejaillit votre éclat.
Gloire à vous ! gloire à lui ! la feuille monarchique
Par ses premier-Bordeaux sauva la République !
Mais le *Mémorial* radote quelquefois...
Vous allez en juger : Le quinze avril, je crois,
Tout au bas d'un amas de phrases ridicules,
Se trouve votre nom en lettres majuscules.
On y lit (j'en suis sûr, cela n'est pas de vous) :
« *L'Etat doit la retraite et le travail à tous.* »
Évidemment, mon cher, c'est une erreur du prote ;
Sur le droit au travail je connais votre vote :
Avec les hommes d'ordre et le parti sensé ;
Je sais que vous l'avez sans pitié repoussé.

Et vous aviez raison... Pouah !... contre la canaille,
Que la faim fait crier, nous avons la mitraille...
Du travail ! du travail !... alors que le budget
De *trente mille francs* dote à peine un préfet...
Et que nous font à nous ces gueux de prolétaires ?
Gardez votre pitié pour les fonctionnaires ;
A vous de les défendre et de les protéger...
L'ouvrier demandant du travail pour manger,
Pour soutenir son père et pour nourrir sa fille,
Veut dans notre pays détruire la famille ;
S'il a trop de fierté pour mendier son pain,
Qu'il s'en aille à l'hospice, ou qu'il meure de faim !

. . . .

. . . .

Je disais donc, Monsieur, que le journal honnête
Que l'on appelle ici la vieille girouette ;
Car ce n'est plus qu'au bruit d'horribles grincements
Que depuis Février elle marque les vents ;
Vous savez, ce journal qui foula sous sa botte
Le drapeau de Wagram, d'Ulm et de Montenotte,
Et qui, depuis... hélas ! ses pareils sont changeants...
Prête à votre vertu des propos affligeants :
Cet écrit parsemé de phrases écarlates
Que pourraient avouer les plus purs démocrates,
On vous l'impute à tort, monsieur le sous-préfet,
Et les républicains, en vous prêtant ce fait,
Font de la calomnie... Où diable va le monde ?
Le journal *modéré* des bords de la Gironde
A, sans doute, édité la profession de foi
D'un fougueux montagnard qui s'appelait Denjoy.

Encor s'il avait dit, le Denjoy que je nomme
N'est pas le décoré, le divin, le grand homme.
C'est un autre Denjoy, sans talents, sans renom,
Qui suivit autrefois les us de Saint-Simon ;
C'est un phalanstérien, c'est presque un communiste,
Un républicain rouge, un vrai socialiste...
.... Au Denjoy de la veille, il nous paraît certain
Qu'on a substitué celui du lendemain...
Nous n'en connaissons qu'un, le Mirabeau moderne,
Devant qui l'Assemblée en tremblant se prosterne ;
Qui s'écriait un jour, magnanime imprudent :
« *On vient de m'insulter, monsieur le président !* »
Mot sublime et profond recueilli par l'histoire,
Qui fit à son auteur son piedestal de gloire.
Le Denjoy de la veille est clubiste enragé :
Nous l'avons vu jadis, de pudeur dégagé,
Réclamer comme un droit d'étaler sa faconde
Au sein de tous les clubs qu'enfanta la Gironde ;
Celui du lendemain vote ostensiblement
Pour qu'on ferme les clubs immédiatement ;
L'un veut blanc, l'autre noir... Représentant sublime,
Il vous faut démasquer votre *rouge* homonyme.

. . . .

. . . .

O Timon ! ô Carrel ! ô mordant Paul Louis !
Et toi, Barthélemi, mon maître en Némésis,
Morts, soufflez à mon cœur le feu de la satire ;
Vivants, enseignez-moi le secret de bien dire :
Que je montre du doigt à ce peuple abusé
Le vieil homme d'État jusqu'à la corde usé :

Ces Denjoy, renégats de toutes les écoles,
Qui selon leur public, travestissent leurs rôles ;
Politiques judas, au nom du peuple élus,
Aux sicaires royaux voulant livrer Jésus !
Honte à ces arlequins de toutes les époques,
Marchands d'orviétans et de vieilles défroques,
Qui tiennent magasin de nobles sentiments,
Et qui changent de cœur comme de vêtements...
Le peuple vous connaît, charlatans politiques,
Insulteurs déhontés des misères publiques,
Abreuvés de mépris et courbés sous l'affront,
Devant la République inclinez votre front !
. . . .
. . . .

Peuple ! ta pauvreté que l'on t'impute à crime
Est, noblement portée, une chose sublime.
Notre face livide et nos pauvres habits
Ne seront pas toujours un signe de mépris ;
Le divin créateur à la pâle indigence,
N'a-t-il pas réparti sa part d'intelligence ?
N'est-ce qu'aux fils des grands, n'est-ce qu'à des Denjoy
Que le ciel a donné le courage et la foi ?
Serrons-nous, travailleurs, le rocher populaire
De la réaction méprise la colère ;
L'intrigue est avec eux, la force est avec nous ;
Si nous levons le front, ils ploiront les genoux !

4 février 1849.

DU COURAGE!

1845.

Air : *Bon voyage, cher Dumolet !*

Du courage,
Bons ouvriers!
De gais refrains et du cœur à l'ouvrage ;
Du courage!
Les chansonniers,
Pour Hélicon ont pris les ateliers.

Des ateliers que la chanson s'élance,
Dans ses refrains prêchant l'égalité ;
Libre et sans peur qu'elle jette à la France
Ses cris de gloire et de fraternité !

Du courage,
Bons ouvriers !
De gais refrains et du cœur à l'ouvrage ;
Du courage !
Les chansonniers,
Pour Hélicon ont pris les ateliers.

De leurs banquets les nobles l'ont bannie ;
L'ennui toujours accompagne l'orgueil...
Parmi le peuple elle se réfugie,
Ah ! qu'on lui laisse un cordial accueil.

Du courage,
Bons ouvriers !
De gais refrains et du cœur à l'ouvrage ;
Du courage !
Les chansonniers,
Pour Hélicon ont ont pris les ateliers.

Prompte à chanter la gloire de nos armes ;
Mais des vaincus respectant les douleurs ,
Pour nos revers qu'elle ait toujours des larmes ;
Pour nos succès qu'elle ait toujours des fleurs !

Du courage ,
Bons ouvriers !
De gais refrains et du cœur à l'ouvrage :
Du courage '
Les chansonniers,
Pour Hélicon ont pris les ateliers.

Au cabaret, que la folle en délire
Vienne avec nous, sa marotte à la main :
Par sa gaîté qu'elle arrache un sourire
Au malheureux qui va manquer de pain !

Du courage ,
Bons ouvriers !
De gais refrains et du cœur à l'ouvrage :
Du courage !
Les chansonniers,
Pour Hélicon ont pris les ateliers.

De ces salons la richesse l'exile,
Il lui fallut chercher un gîte ailleurs.
Parmi le peuple elle prend domicile ;
Elle sera l'arme des travailleurs.

Du courrge,
Bons ouvriers !
De gais refrains et du cœur à l'ouvrage ;
Du courage !
Les chansonniers,
Pour Hélicon ont pris les ateliers.

Non, la chanson n'est pas dépaysée :
(Autour de nous il règne tant d'abus !)
Avec cet arc dont la corde est usée
On peut encor lancer des traits aigus.

Du courage,
Bons ouvriers !
De gais refrains et du cœur à l'ouvrage :
Du courage !
Les chansonniers,
Pour Hélicon ont pris les ateliers.

Enfant du peuple, accourons sur la brèche ;
Et puisqu'il sont sans pitié pour nos pleurs.
Chasseurs d'abus, ajustons notre flèche,
Trempons sa pointe au fiel de nos douleurs !

Du courage,
Bons ouvriers !
De gais refrains et du cœur à l'ouvrage ;
Du courage !
Les chansonniers,
Pour Hélicon ont pris les ateliers.

Nous sommes forts, et notre cause est juste,
Et sous nos coups un trône disparut.
Un trait mordant lancé d'un bras robuste,
Si haut qu'il soit peut atteindre le but.

Du courage,
Bons ouvriers !
De gais refrains et du cœur à l'ouvrage :
Du courage !
Les chansonniers,
Pour Hélicon ont pris les ateliers.

NEY !!

1835.

Le conseil de guerre se déclara incompétent, et
l'accusé fut renvoyé devant la Cour des Pairs. Là,
sa condamnation n'était pas douteuse... En vain
ses défenseurs invoquèrent-ils l'article XII de la
capitulation de Paris... On leur interdit ce moyen
de défense.

La peine de mort fut prononcée par 139 membres, sur 156 votants.

Nombre d'entre eux avaient recommandé le condamné à la clémence royale.

Louis XVIII resta inflexible.

. . . .

Ney mourut en brave, le 7 décembre 1815.

Histoire de France.

Je suis heureux d'être le premier homme de la
génération nouvelle qui vienne dans cette Chambre protester contre l'assassinat de Ney.

ARMAND CARREL, *à la Chambre
des Pairs.*

Vous souvient-il quand l'Europe tremblante
Courbait le front devant l'aigle français ?
De l'homme-dieu, la main toute-puissante
A nos drapeaux enchaînait les succès...
Vous souvient-il quand la terre alarmée
Avec fureur contre nous se leva ?
Vous souvient-il lorsque la Renommée
Nous cria : Ney ! Moskowa ! Moskowa !

C'était un nom déjà brillant de gloire,
Ney ! c'était Ney ! sans reproche et sans peur.
C'était aussi le nom d'une victoire,
Le nombre obscur vaincu par la valeur ;
C'était la France aux jours de sa puissance,
Dictant des lois à vingt peuples divers ;
C'étaient des rois, vaincus par sa vaillance,
A ses genoux lui demandant des fers !

. . . .

. . . .

Vous souvient-il de ces jours de détresse
Où nos soldats, vaincus par les frimas,
En succombant disaient avec tristesse :
« *Mourir n'est rien… mais mourir sans combats !* »
Leur sang bouillant se glaçait dans leurs veines,
Car pour les vaincre à ces vieux vétérans,
Il fallait plus que des forces humaines,
Il fallait Dieu pour vaincre les géants !
Ils étaient là ces vieux soldats sans taches,
Pâles, muets, devant quelques tisons…
Le vent du Nord, à leurs vieilles moustaches,
Malgré le feu suspend d'épais glaçons.
Et cependant, sur leur mâle visage
Brillait encor une noble valeur.
On les voyait, d'un facile courage,
Tranquillement sourire à la douleur…
Puis un juron s'échappait de leur bouche,
Lorsque leurs doigts, par le froid engourdis,
Ne pouvaient plus déchirer la cartouche
Qui doit porter la mort aux ennemis !…

O mon pays ! ils mouraient de misère
Ces vieux soldats qui faisaient ton orgueil.
Ils s'éteignaient sur la terre étrangère
Et les frimas leur servaient de cercueil ! !
Mourir, mon Dieu ! mourir quand la victoire,
Fidèle encor, n'a pas crié : *Revers !*
De cette mort lente, affreuse, sans gloire,
Qui vous poursuit de ses rires amers.
Plus de boulets qui grincent dans l'espace
Pour étouffer le râle des mourants ;
Plus de regrets pour l'ami qui trépasse,
Rien que la mort qui décime les rangs !
Rien que la mort ! ! et pas une espérance
Qui, rayon pur, vienne sourire au cœur,
Vos vieux soldats, vaincus par la souffrance,
Baissent leur front voilé par la douleur...
Tous vont mourir ; mais Ney restait encore,
Ney ! c'était Ney ! l'ange libérateur ;
Ney ! c'était Ney ! ! de qui la voix sonore
Faisait entendre un cri consolateur...
« A moi, disait l'illustre capitaine,
» Rallions-nous, soldats, nous sommes forts !
» Courage un jour, encore un jour de peine,
» La France est là pour prix de nos efforts ! »
Ney l'avait dit... et Ney fit des miracles ;
Il triompha des hommes et de Dieu.
Et nos soldats, franchissant les obstacles,
A leur pays revinrent dire : adieu !

. . . .

. . . .

On proscrivit l'homme au pâle visage :
Les étrangers ramenèrent Louis.
Ney, aux Bourbons vint offrir son courage...
En les servant il servait son pays...

. . . .
. . . .

Mais il revint, le vainqueur de la terre.
Ney, son ami, Ney dont il fut l'appui,
Se vit chargé d'arrêter le tonnerre...
Ah ! pouvait-il combattre contre lui !
Il vint pourtant, fidèle à sa promesse.
Mais en voyant le drapeau de l'honneur,
Chaque soldat criait avec ivresse :
« A bas Louis ! et vive l'Empereur !! »
Que pouvait-il ?... Pour calmer ses alarmes,
Napoléon lui rappelant sa foi,
Lui disait : « Ney, Ney, mon vieux frère d'armes,
» Je te pardonne, allons, reviens à moi ! »
Il y revint. Mais le peuple et l'armée
De l'homme-dieu bénissaient le retour...
A l'univers déjà la Renommée
Disait leurs cris de bonheur et d'amour ..
Ney lui devait tant de reconnaissance !
A l'Empereur il rendit son appui...
Si par ce fait il a trahi la France,
Tous les Français l'ont trahie avec lui !

. . . .
. . . .
. . . .
. . . .

Un cri de mort parti de l'Angleterre
Vint réveiller les despotes du Nord.
Ce cri lugubre épouvanta la terre,
Et ses échos répétèrent : Mort ! mort !
A Waterloo, trahi par la victoire,
Nos vieux soldats, que le nombre accabla,
Tombaient vaincus, mais tombaient avec gloire,
Car devant eux tout l'univers trembla !
Napoléon, leur vainqueur et leur maître,
Sur un rocher fut enterré, proscrit...
Louis revint ; Ney fut déclaré traître...
Pour le comprendre un roi fut trop petit !
Traître, lui, Ney ! dont l'âme magnanime
A son pays appartint en tout temps !
..... Mais il fallait une illustre victime
Pour expier la gloire de vingt ans !

. . . .
. . . .
. . . .

Un mauvais roi veut un jury barbare ;
Ney, dans son cœur, est déjà condamné.
Coupable ou non, qu'on le traîne à sa barre ;
Légalement qu'il soit assassiné !

. . . .
. . . .
. . . .

Silence, il vient, lui, le brave des braves :
Son front est calme, et son régard puissant
De l'étranger fait pâlir les esclaves :
Ce regard seul annonce l'innocent...

.... Pour le sauver, sur la terre étrangère
Ses défenseurs dirent qu'il vit le jour.
Pitié! pitié! pairs de la France entière
Notre client est la gloire et l'amour...
Le brave alors interrompt sa défense:
« Pitié! dit-il, justice et verité!
» Pour moi, pour Ney réclamer l'indulgence
» Et me sauver par une lâcheté!...
» Oh! non, Messieurs, non, je vous remercie:
» La pâle mort ne m'effraya jamais.
» Point de pitié! la France est ma patrie,
» Et, né Français, je veux mourir Français!
Épargnez-le, nobles pairs du royaume:
Tous les Français crient: Grâce pour lui!
Grâce pour lui! Grâce pour le grand homme!
A notre sol rendez ce noble appui.
Grâce!! Mais non, s'il a trahi la France,
Point de pardon bien qu'il fut un héros!
Pesez ses torts sans haine et sans vengeance:
Juges, tremblez de devenir bourreaux!...
Que le traité qui protége sa tête,
Par votre main ne soit pas déchiré.
Entre vos bras jeté par la tempête,
Sauver sa vie est un devoir sacré!

. . . .
. . . .

Vous frémissez!! sa perte est donc certaine!
Eh bien! frappez!... nobles pairs de l'État!
Dans son sang pur éteignez votre haine.
Et souillez-vous par un assassinat!

Juges félons, à votre arrêt inique
La royauté lâchement applaudit.
Chargez vos fronts de la haine publique,
Bourreaux de Ney... la France vous maudit!!

. . . .

. . . .

Le lendemain, un homme jeune encore,
Au regard d'aigle, au front pur et serein,
A des soldats dit d'une voix sonore,
Prêt à tomber sous le plomb assassin :
« *Depuis vingt ans je vois la mort en face...*
» *Vous le savez, jamais Ney ne trembla...*
» *Rien qu'une larme à votre ami qui passe;*
» *Visez au cœur... Joue!... Feu!!!* » Puis il tomba...

. . . .

. . . .

L'infâme arrêt fut écrit sur le sable;
Aux yeux de tous Ney restait un héros.
Du déshonneur la marque impérissable
Demeura seule au front de ses bourreaux !

-◇--◇-

NÉMÉSIS GIRONDINES.

VIII.

AUX ROYALISTES D'AQUITAINE.

─◇─

Salut, Burdigala ! vieille cité romaine,
Qu'entoure de ses champs la fertile Aquitaine ;
Toi qui courbas ton front sous des maîtres divers
Et qui te fis contre eux des armes de tes fers ;
Reine portant au front des créneaux pour couronne,
Et qui baignes tes pieds aux flots de la Garonne,
Fleuve majestueux, dont les puissantes eaux
Balancent sur leur sein d'innombrables vaisseaux...

7

Salut, à ce pays en discordes fertile,
Désolé si souvent par la guerre civile,
Où la terre engraissée et de sang et de pleurs,
Produit pour l'univers et des fruits et des fleurs :
Salut, nouvelle Tyr ; salut, cité bénie
Qu'habite le commerce et qu'aime le génie :
A qui la terre entière apporte son tribu,
O Gironde ! ô Bordeaux ! ô mon pays ! salut !

. . . .

. . . .

Le temps, pour consacrer tes douleurs et ta gloire,
Avec le sang du peuple écrivit ton histoire.
D'abord, c'est Tétricus, ce romain déloyal
Élevé par l'armée au trône impérial,
Qui, par la trahison, politique inhabile,
Sous le joug d'Aurélien replaça notre ville...
Les hardis Wisigoths, soldats vaillants et forts,
Jonchèrent notre sol et de sang et de morts ;
Et, foulant sous leurs pieds la puissance romaine,
Ils règnent en vainqueurs sur la riche Aquitaine :
Les barbares Ariens sont chassés par Clovis...
Le cruel Abderhame envahit le pays...
Charles Martel détruit les hordes sarrazines...
Hunold, recommençant nos guerres intestines,
Est vaincu par Pépin... Toujours du sang à flots !
Des blasphèmes, des cris, des combats, des complots :
Aujourd'hui les Normands et demain l'Angleterre
Jetteront la Guienne en pâture à la guerre.
Des nobles et des rois l'insatiable orgueil
A pris pour étendrd la misère et le deuil :

De ces ambitieux la terre est le domaine :
On s'arrache, on se cède, on se vend l'Aquitaine ;
Tour à tour Castillans, Normands, Gascons, Anglais ;
Sous Charles-Sept, enfin, nous devenons Français
Le courageux Dunois, fameux par sa vaillance,
Réunit pour toujours la Guienne à la France !
Mais que de sang encor, que de gémissements,
Que de cris de douleur, que de soulèvements !
C'est la mine chargée attendant l'étincelle :
Aujourd'hui c'est l'impôt, demain c'est la gabelle.
La Saint-Barthélemy, cette royale horreur,
Dans nos murs désolés promène sa fureur :
C'est le meurtre, le vol, le pillage, l'intrigue,
Ceux-ci sont pour le roi, ceux-là sont pour la ligue ;
L'on dévaste, l'on brûle, et le duc d'Épernon,
A ces atrocités associant son nom,
Décorant ses fureurs du beau nom de courage,
Ordonne le massacre et sourit au carnage !...
Louis-Quatorze, enfin, ce roi fort et puissant...
Arrêtons-nous ; pourquoi remuer tant de sang !
Pourquoi des trépassés fouiller le cimetière !...
Morts, de votre tombeau violant la poussière,
J'ai redit votre nom par le temps effacé,
Pour me faire, avec eux, un arme de passé ;
Pour pouvoir enseigner au peuple qu'on égare
A repousser l'erreur de votre temps barbare !
Pour lui crier, au nom de la fraternité :
La force et la grandeur, peuple, c'est l'unité !
En divisant l'État en petites provinces,
On prépare la guerre au profit de tes princes...

Des princes!... mais un jour la grande nation
Fit de ce mot un titre à la proscription :
Elle avait éprouvé, par des douleurs cruelles,
Ce que coûtent de sang les royales querelles...
Elle vint sous ses pieds fouler la royauté,
Pour marcher dans sa force et dans sa liberté :
Et les constituants assuraient sa fortune,
Alors qu'ils écrivaient : *La République est une !*
Quoi ! du fédéralisme entr'ouvrant le tombeau,
De la guerre civile allumant le flambeau,
Vous prétendez, félons, sans soucis de sa gloire,
Oublieux des leçons que vous donna l'histoire,
De notre noble mère insultant les succès,
Nous faire renier notre nom de Français !!
Déguisant votre haine et votre royalisme ·
Sous le manteau de l'ordre et du patriotisme,
Vous voulez devenir, chétifs conspirateurs,
D'un royaume nouveau les organisateurs !...
Insensés !! qui voulez asservir la patrie
Aux intérêts d'un homme et d'une coterie ;
Détruire l'unité que le temps consacra...
Vous voulez la révolte !! eh bien !... elle viendra !...
Elle viendra, vous dis-je, impitoyable et forte,
Pour lutter avec vous, frapper à votre porte :
Jusqu'à votre bonheur se frayant un chemin
Elle étendra sur vous sa vengeresse main.
Fous, qui demandez l'ordre à la guerre civile :
Modérés, qui chez vous lui donnez un asile,
N'apercevez-vous pas le doigt de l'Éternel
Qui désigne à ses coups votre front criminel ?

....Puisque grâce à votre or la révolte est venue,
Pour la mieux contempler descendez dans la rue ;
Venez donc opposer vos brillant bataillons
Aux flots impétueux de la foule en haillons ;
Venez, si vous l'osez, dans cette horrible guerre,
Jouer votre bonheur contre notre misère ;
Braves qui vous cachez au moment des combats,
Vous espérez au peuple emprunter ses soldats ;
Osez donc relever de votre main tremblante
Des fédéralisés la bannière sanglante...
Vous trouverez le peuple insensible à vos cris ;
Il vous écrasera du poids de son mépris !...
Ouvrez les yeux, crétins, qui jouez aux grands hommes,
Eunuques impuissants, misérables atomes
Qui croyez, aveuglés par votre vanité,
Conduire la révolte à votre volonté...
Némésis aujourd'hui, déposant sa férule,
Ne prétend vous frapper qu'avec le ridicule ;
Elle aurait pu venir, sans pitié ni pardon,
Au pilori du peuple attacher votre nom ;
Avec les traits aigus de sa verve importune,
Au poteau du passé clouer votre rancune,
Et, dans votre poitrine enfonçant le scapel,
Découvrir votre cœur plein de haine et de fiel !!

....
....
....
....

Quel est cet avocat dont la voix aigrelette
File des sons aigus comme une clarinette?...

C'est des vinicoleurs l'orateur en crédit :
A ses ongles poli demandant de l'esprit,
Sur le bout de ses doigts il attache sa vue :
Il se donne des airs de rosière ingénue :
Ne vous y fiez pas : sous cet air patelin
Il cache une âme ardente, un esprit très-malin :
L'on redoute au palais ses fines épigrammes :
Il a souvent gagné ses procès... près des femmes...
Il a pour son talent une robuste foi :
Il prétend devenir le conseiller du roi !
Il a le pied petit, et, suivant la chronique,
Son cœur, plus que son pied, est aristocratique !...
..... Place laissez passer !!... Quel est donc ce guerrier ?
C'est l'un des rédacteurs du vertueux *Courrier*...
Enfourchant bravement son cheval de bataille,
Il frappe sur la France et d'estoc et de taille...
France, il était écrit que cet homme barbu
Te foulerait aux pieds de son cheval fourbu.
L'organe de l'injure et de la calomnie, .
Flétri par un ministre et que Denjoy renie,
Aidé par le mensonge et la grâce de Dieu,
Va défaire demain l'œuvre de Richelieu !!!
.... Et quel est celui-ci dont l'œil brille d'audace ?
Illustre rejeton de quelque vieille race,
C'est un Montmorency, peut-être un Châtillon,
Un Rohan... Non ! son père était un postillon :
Aux nobles usuriers, cette fière nature
Fit, à force d'orgueil, oublier sa roture :
Noble par ses écus, riche par ses aïeux,
Être républicain est un crime à ses yeux.:

S'il n'est pas royaliste, un homme est un infâme
Qui n'aime ni ses fils, ni ses sœurs, ni sa femme,
Homme d'ordre et de paix, cœur juste, noble et grand,
Comme tout modéré vous êtes tolérant !
Malgré votre vertu, vraiment évangélique,
Il vous faudra subir pourtant la République !
..... Et vous, frêle Adonis, aux suaves contours,
Qui voyez sur vos pas voltiger les amours ;
Délicat chérubin à la face bouffie,
A votre air débonnaire est bien fou qui se fie...
Par le droit des écus tranchant du Céladon,
Vous vous donnez des airs de maître d'espadon.
Palsambleu ! quel gaillard, en brandissant sa lance,
Et de l'œil et du geste il menace la France ;
Qu'il est fier ! qu'il est beau ! pour la bataille armé,
Bordeaux le surnomma l'abdomen bien-aimé.
Place ! laissez passer l'étonnante bedaine ;
C'est le père aux écus, c'est le roi d'Aquitaine !
C'est le sage barbu qui conduit le cheval
Où l'on vient d'enfourcher l'homme phénoménal,
Peuple, voilà ton maître ; admire sa prestance ;
Au pas de son coursier son ventre se balance.
Ranime ton amour au feu de ses regards :
Peuple, viens contempler le plus gros des Césars...
Regarde où le conduit son orgueil en délire ;
Viens, et si tu le peux, tâche de ne pas rire.
Pour créer un royaume et pour élire un roi,
Il est tout naturel qu'on se passe de toi.
Allons, flamberge au vent, messeigneurs d'Aquitaine.
Le peuple vous surveille, il connaît votre haine ;

Malgré sa volonté, tâchez donc de venir
Où Brissot, Vergniaud, ne purent parvenir.
Le trop faible Louis, Charles-Dix et Philippe
Voulurent vainement lutter contre un principe :
Opposer au progrès leurs vaines royautés :
Et par le tourbillon ils furent emportés !

. . . .

. . . .

. . . .

. . . .

Laissez, au nom du Ciel, respirer la patrie ;
Par toutes les douleurs elle est assez meurtrie.
Notre mère a besoin de repos et d'amour:
Laissez-la s'endormir au soleil d'un beau jour :
Laissez-la s'enivrer de douces espérances,
Et sur un lit de fleurs reposer ses souffrances.
Laissez-la dans la paix prolonger son sommeil,
Et qu'elle nous retrouve unis à son réveil.
Pourquoi souiller de sang notre belle Gironde :
Nos sueurs suffiront à la rendre féconde :
Donnez-nous du travail, nous vous offrons nos bras:
Que le peuple ait sa part aux plaisirs d'ici-bas ;
Que la fraternité nous guide et nous console ;
Sur l'aile de l'oubli que le passé s'envole.
Citoyens de la veille, hommes du lendemain,
Dieu nous a fait à tous un cœur républicain.
Oh ! venez oubliant nos fâcheuses querelles,
Tendre une main amie à nos mains fraternelles !
Oh ! venez, combattons ensemble les abus...
Quand nous souffrirons moins, en souffrirez-vous plus

Qu'un ignoble journal, qui de l'honneur se joue,
Aille ramasser l'or dans la honte et la boue;
Des braves travailleurs, l'insulteur quotidien,
Courbé sous le mépris de tous les gens de bien,
Dans ses premiers-Bordeaux déblatère sa rage,
Et se batte les flancs pour avoir du courage,
Il ne parviendra pas à soulever les flots.
Il fait de la réclame à renfort de complots;
Il a beau, pour flétrir la jeune République.
Ramasser dans l'égoût son pathos politique,
Repoussé par les siens et méprisé partout,
Il va mourir, tué par le public dégoût!...
Que ce grand batailleur rengaîne sa rapière,
Personne ne veut plus marcher sous sa bannière.
En trompant l'opulence, en trompant l'ouvrier,
Ce menteur émérite exerce son métier :
Comment à bonne fin mener son entrepise,
En prenant pour drapeau l'honneur et la franchise.
Il fallait désigner, comme un épouvantail,
L'ouvrier demandant du pain et du travail;
Il fallait signaler ces vauriens en guenilles,
Comme les destructeurs du repos des familles;
Dire qu'ils entendaient par la Fraternité
Le partage des biens, de la propriété !...
Mais aujourd'hui, le riche a compris, je l'espère,
Que l'ouvrier ne veut ni son or, ni sa terre ;
Non ; mais que le matin, pour chasser ses soucis,
Il trouve le travail à son chevet assis ;
Du travail !... pour qu'enfin sa femme soit rieuse,
Et que son fils sautille à sa chanson joyeuse !...

Venez, hommes d'amour et de fraternité
Au nom de la concorde et de l'humanité,
Notre sainte union sauvera notre ville
Des sanglantes horreurs de la guerre civile !!!

4 mars 1849.

LA JUSTICE DES ROIS.

1841.

Air : Amis, voyez cette barque légère.

Lorsqu'autrefois les rois donnaient des fêtes,
Quand des martyrs prêchaient la charité,
Pauvres chrétiens, on vous jetait aux bêtes
Pour étouffer vos cris de liberté.
Portant le deuil au sein de vos familles,
De leurs bourreaux ils payaient les exploits
En leur livrant les charmes de vos filles !
Laissez passer la justice des rois !

Un fou royal, abruti par l'orgie,
Le verre en main célébrait sa splendeur,
Quand, par son ordre, un immense incendie
De ses sujets dévorait le bonheur.
Prostituant la couche de son père,
Foulant aux pieds la plus sainte des lois,
Un empereur osa souiller sa mère !
Laissez passer la justice des rois !

Plus près de nous quelques reines impures,
Tenant boudoir au donjon d'une tour,
Pervertissant de nobles créatures,
Substituaient la débauche à l'amour...
Ils coûtent cher les baisers d'une reine :
Et le bourreau n'y perd jamais ses droits.
Voyez ces corps charriés par la Seine !...
Laissez passer la justice des rois !

Chétif, à peine éclos de la couvée,
L'enfant du cerf courbé sous le bâton,
Devait au roi la taille et la corvée,
De lourds impôts, sa vie et sa moisson ;
Jusqu'à sa sœur, pauvre fleur, humble et pâle,
Qu'on arrachait à la paix de ses toits,
Pour les plaisirs de la couche royale !
Laissez passer la justice des rois !

Sortant du Louvre, une rouge avalanche
Roule ses flots dans Paris consterné ;
Des assassins marqués d'une croix blanche,
Tuaient au nom d'un bourreau couronné !
Le roi riait... comme rit un fantôme...
Et son mousquet, rechargé bien des fois,
Prenait pour but la poitrine d'un homme.
Laissez passer la justice des rois !

Sans redouter la colère divine,
S'associant à d'infâmes projets,
Un roi signait un pacte de famine,
Pour affamer ses malheureux sujets...
A des troupeaux de femmes corrompues
Il jetait l'or !... Et son peuple aux abois
Mourait de faim sur le pavé des rues !
Laissez passer la justice des rois !

Quand deux tyrans se prennent de querelle,
Pour un motif puéril et léger,
Que leur importe une guerre cruelle :
Au roi la gloire... au peuple à s'égorger !...
Pour les venger d'une petite injure,
Pour soutenir de chimériques droits...
A la mitraille on nous jette en pâture...
Laissez passer la justice des rois.

Un roi vieillard, chargé d'impures chaînes,
Dans la débauche usant ses derniers jours,
Pour réchauffer le vieux sang de ses veines,
Livre son âme à de folles amours !...
Peuple, de l'or... pour sa jeune maîtresse...
Entre les bras de ce vieillard grivois...
LOLA MONTÈS se réveille comtesse !...
Laissez passer la justice des rois !

Plus de pudeur ! l'honneur c'est la richesse,
Et les tyrans ne sont jamais repus ;
Pour leur donner un semblant de noblesse,
Ils couvrent d'or leurs valets corrompus...
Le masque est bas... plus de fausses grimaces :
Au nom du roi, sans abaisser la voix.
On vend des croix, des titres et des places...
Laissez passer la justice des rois !

Résigne-toi, pauvre chair à mitraille,
Pour tes douleurs ils seront sans pitié !...
Tes enfants, morts sur le champ de bataille,
Aux fils des grands servent de marchepied...
L'humble ouvrier n'est que le fils d'un homme,
Qu'un paria repoussé par les lois ...
On l'assimile à la bête de somme.
Laissez passer la justice des rois !

Comme un forçat, travaille, prolétaire ;
De tes sueurs le roi récolte l'or.
Il faut de l'or au prince héréditaire,
Au fils du prince il faut de l'or encor...
On souffre encor tes cris d'indépendance ;
Mais les tyrans, en nous privant de droits,
Ont de notre âme arraché l'espérance.
Laissez passer la justice des rois !

Devons-nous donc, malheureux que nous sommes,
Courber nos fronts sous le poids des douleurs ?
Non ; l'Éternel a fait pour tous les hommes
La liberté, le soleil et les fleurs !...
. . . .
. . . .
Voyez... là-bas... aux bravos de la foule,
A la puissance adressant son adieu...
Sur l'échafaud la tête d'un roi roule !
Laissez passer la justice de Dieu !

NÉMÉSIS GIRONDINES.

IX.

AUX LABOUREURS

Assez de fiel, assez, Némésis populaire,
Laisse pour aujourd'hui reposer ta colère.
J'ai besoin de repos; et tu le sais, d'ailleurs,
La haine n'entre pas au cœur des travailleurs.
Tu n'es pas seulement la terrible déesse
Au bras impitoyable, à la voix vengeresse,
Qui frappe l'hypocrite et jette du mépris
A ces vils écrivains mettant leur plume à prix.

8

Cesse de flageller cette tourbe indocile
Demandant le bonheur à la guerre civile.
Notre doigt des abus a signalé l'égout :
Et, la tristesse au front, le cœur plein de dégout,
Détourne tes regards des gens du privilége
Qui traînent sur leurs pas les impôts pour cortége...
Nous signons une trève ; elle durera peu ;
Nous prétendons bientôt recommencer le feu.
Certes, ce n'est pas nous qui céderons la place ;
En vain à la justice ils opposent l'audace,
L'égoïsme à l'amour, à la fraternité ;
Il veulent le mensonge, et nous la vérité !
Ils ont l'intrigue et l'or, mais nous avons la force :
Si nous ne mordons pas à leur grossière amorce,
En face du scrutin, et malgré leur efforts,
Les Monarchiens n'auront qu'a ramasser leurs morts !
Allons, ma Némésis, essuyez votre plume ;
Inspirez à mon cœur des vers sans amertume ;
Venez aux laboureurs, travailleurs comme nous,
Montrer à l'horizon un avenir plus doux.
Ce n'est pas seulement aux cités populeuses
Qu'on trouve à chaque pas des misères affreuses ;
Ce n'est pas seulement ici que l'on a faim ;
Ceux qui sèment le blé manquent souvent de pain.
Nous travaillons le bois, il travaillent la terre,
Et tout nous est commun, tout, jusqu'à la misère !
Venez, donc Némésis, à nos frères des champs,
Sympathique à leur maux, consacrer quelques chants.

. . . .
. . . . ; . ...

Que dans le Barsacais, un avocat sans cause
Tourne contre nos vers l'esprit donc il dispose,
Qu'il ne comprenne pas qu'un chétif tonnelier
Transforme en Hélicon son modeste atelier,
Et qu'il ose appeler, en langue de poète,
Lamartine un faquin et X... un homme honnête :
Nous n'avons rien à dire à ses cœurs convaincus
Qui ravalent l'honneur au-dessous des écus...
Modestes ouvrier, restons dans notre rôle ;
Car de l'intélligence ils ont le monopole.
Fi donc ! les ouvriers osent lever la voix
Pour flétir les abus et soutenir leurs droits !...
Depuis près de vingt ans ; des grands propriétaires
Les Thiers et les Molé font si bien les affaires,
Qu'ils ne comprennent pas comment les travailleurs
Osent, pour l'avenir, rêver des jours meilleurs..
Allons donc, tonneliers, façonnez des barriques,
Ne vous occupez pas des affaires publiques ;
Étienne de Barsac s'en occupe pour vous ;
Venez à la recette apporter vos gros sous ;
Et ne vous plaignez pas... votre plainte importune
Ceux qui sur vos sueurs bâtissent leur fortune...
Eh quoi ! vous oseriez, infimes passereaux,
Disputer votre vie aux serres des bourreaux ?
L'aiglon du Barsacais, descendu de la nue,
Flaire comme un corbeau la charogne qui pue ;
L'avide oiseau et si bas aujourd'hui,
Que le passereau même est au-dessus de lui !
..... Oh ! oui, proclamez Thiers l'aigle de l'éloquence ;
Mais ne l'appelez pas le sauveur de la France.

La France, grâce à lui, pourrait venir demain
Se présenter à vous, son bilan à la main ;
Car c'est lui qui léguait à notre Républiques
Le terrible fardeau de la dette publique,
Eh quoi ! pour assurer la part du créancier,
Vous voulez rappeler l'inhabile caissier,
Dont l'égoïsme étroit, et l'astuce et le doute
Nous mirent face à face avec la banqueroute ?
Thiers eut dans nos malheurs une trop large part
Pour que nous l'acceptions comme porte-étendard.
Le Boileau barsacaïs prouve, en phrases ronflantes,
Que l'on n'a de l'esprit que lorsqu'on a des rentes !
Cette maxime est belle ; il faut en convenir ;
Elle prépare au peuple un superbe avenir...
A l'ouvrier toujours les soucis et les peines ;
Qu'il tisse les habits, qu'il féconde les plaines.
Qu'il batte le froment, qu'il creuse les canaux,
Qu'il récolte le vin, qu'il courbe les tonneaux.
Étienne de Barsac pose, comme sentence,
Que l'ouvrier ne peut avoir d'intelligence.
Il aurait dû prouver, tant qu'il était en train,
Que le Ciel dispensait le pauvre d'avoir faim !...
Hélas ! le malheureux qui comme moi rimaille
Doit être, aux yeux d'Étienne une grande canaille,
Je dois être à ses yeux, plein des feux du courroux
Plus *rouge* que Proudhon et que Pierre Leroux.
Comprenez-vous cela ! le soir, à la veilée :
La rage de rimer tient ma muse éveillée :
J'enseigne aux ouvriers un langage de paix :
De l'ordre et du travail je leur dis les bienfaits :

Parfois, en leur parlant d'amour et d'espérance,
J'adoucis un regret, je calme une souffrance...
Mes pauvres Némésis n'ont jamais fait appel
Qu'aux instincts généraux, qu'à l'amour fraternel.
Si Dieu me refusa les élans du génie,
Il me fit pour aimer un cœur plein d'énergie.
Oh ! Monsieur, pour mes vers cessez d'être railleur ;
Ils sont, vous le savez, l'œuvre d'un travailleur ;
Je n'ai pas, comme vous, sur le banc des écoles,
Étudié longtemps l'art des belles paroles...
Vous êtes bien cruel, admirable érudit,
De venir m'écraser du poid de votre esprit.
Humblement, à vos pieds, ma Némésis s'incline ;
Vos vers sont délirants, votre prose est divine :
Prose et *vers* sont de vous ; car il serait affreux
Que, pour mieux m'aplatir, vous vous mettiez à deux.
Deux brillants écrivians contre un homme incapable !
Ah ! messieurs les savants, c'est bien peu charitable !
Je frissonne qu'un jour, le *Courrier du matin*
Ne me jette à la face une épître en latin ;
Et dût le Barsacais me traiter d'imbécile,
Je n'ai jamais appris la langue de Virgile.

. . . .

. . . .

Mais revenons au fait... Tout va mal aujourd'hui,
Depuis que sur nos fronts la République a lui.
Dans nos chais entassés, les produits des vendanges,
Inutiles valeurs, demeurant sans échanges ;
Le commerce aux abois se débat vainement ;
Il subit malgré lui la crise du moment :

Nos chantiers sont déserts, les ouvriers font grève,
La vie à bon marché ne semble plus qu'un rêve :
L'on souffre et l'on se plaint ; le malaise est partout ;
Sur d'immenses débris l'impôt seul et debout !
N'est-il pas temps, enfin, que cette crise cesse,
Que l'on porte un remède au mal qui nous oppresse ?
Qu'ont-ils donc fait pour nous ces hommes d'autrefois,
Ces habiles venus de l'école des rois ?...
Hélas ! en la pressant sur leur cœur jésuitique,
Ils voulaient étouffer la jeune République ;
En débiles efforts s'épuisant vainement,
Peut-être qu'ils pourront l'arrêter un moment...
Mais Dieu nous la donna, mais l'avenir l'appelle,
Son triomphe est certain, le peuple est avec elle !
Sans doute, vous souffrez, pauvres cultivateurs :
Les impôts établis par les *conservateurs*
Pèsent encor sur vous de toute leur puissance...
Mais le bonheur viendra, Dieu protége la France !
Espérez ! l'espérance est douce aux malheureux...
Arrachons de notre âme un passé douloureux.
Nous répudions tous, comme une chose horrible,
Les souvenirs sanglants d'une époque terrible.
On cherche à vous tromper : le vrai républicain
Ne veut ni les écus, ni le bien du prochain.
Sous de noires couleurs, de notre barbarie
On étale à vos yeux la fantasmagorie.
Tout ce que nous voulons, vous le voulez aussi :
Je vais, en peu de mots, vous l'expliquer ici.
..... Nous voulons, du passé secouant la poussière,
Abaisser de l'impôt l'odieuse barrière...

Est-ce pour protéger les produits girondins
Que d'impôts en impôts l'on promène vos_vins?
Droits de propriété, d'entrée et de revente,
De consommation, mouvement et patente.
On a frappé le vin comme produit du sol,
On le frappe réduit à l'état d'alcool ;
Il faut encor payer, sans se montrer revêche,
Pour de l'eau qu'on jeta sur de la rape sèche ;
Et, grâce à ces abus, les pauvres producteurs
Manquent de débouchés et de consommateurs...
Que demain l'ouvrier puisse avoir sur sa table,
Près d'un morceau de bœuf, une boisson potable ;
Qu'il puisse retremper à de *petits bordeaux*
Sa force qui s'épuise à de rudes travaux ;
Il s'en trouvera mieux... le bien du prolétaire
Remontera bientôt jusqu'au propriétaire.
Mais les droits sont si chers, que le pauvre ouvrier
Doit se passer d'un bien qu'il ne pourrait payer...
Abaissons donc les droits !... Halte-là communistes,
Vous êtes des gredins, des geux, des anarchistes !
Vous lisez un journal écarlate foncé...
Eh quoi ! vous n'êtes pas satisfaits du passé,
Vous osez contre lui proférer une plainte ?...
Cruels républicains ! l'impôt, c'est l'arche sainte,
L'œuvre selon le cœur des traitants corrompus ;
C'est la source féconde où boîvent les repus,
Où celui qui s'y vautre et qui s'y désaltère,
Impitoyable huissier, proteste la misère ;
Car les prestations, les impôts et l'octroi
Ne profitent qu'aux gens de la maison du roi.

Allons, place à Guizot, le ministre modèle,
Duchâtel, Molé, Thiers et toute la séquelle :
Pourrions-nous oublier ce qu'ils ont fait pour nous ?
Le fermier devant eux se traînait à genoux,
Il criait à leurs pieds : « J'ai faim, j'ai froid, je souffre :
» C'est mon dernier écu que j'apporte à ce gouffre ;
» Qu'on appelle l'impôt... Pitié je n'ai plus rien...
» Je viens, pour vous payer, d'hypothéquer mon bien.
» Hélas depuis trois ans ma récolte entassée,
» Au fond de mes celliers demeure encarassé,
» Aux vins de la Gironde encombrant nos marchés,
» On peut facilement créer des débouchés
» En brisant de l'octroi l'odieuse barrière,
» En ouvrant au commerce une libre carrière.
» O messeigneurs, pitié, car vos droits protecteurs
» Accablent l'ouvrier et les cultivateurs ! »
Eh bien ! malgré nos maux, nos misères patentes,
Nos prières, nos pleurs, nos plaintes éloquentes,
Ils n'ont rien fait pour nous, rien ; les monopoleurs
N'eurent aucun souci de nos cris de douleurs...
Ils ont beau se vêtir d'une trompeuse écorce,
Nous les repousserons de toute notre force !

. . . .
. . . .
. . . .
. . . .

Maintenant, laboureurs, vous êtes avertis...
Dans le bonheur commun confondant les partis,
Il ne s'agit pour nous d'Henri ni de Philippe ;
Ne mettons pas un homme en place d'un principe.

Il s'agit de la France ! et la France, à nos yeux,
Vaut mieux qu'un prince obscur, quels que soient ses aïeux.
Vous jetterez dans l'urne un bulletin civique ;
Hommes d'ordre et de paix, *Vive la République !*

18 mars 1849.

LA PREMIÈRE PIERRE.

1843.

Air: *S'il en reste une goutte encore*

J'aime, près de mes vieux amis,
Réunis autour d'une table,
A sabler un vin délectable,
A savourer des mets exquis...
Boire beaucoup est désormais
Ma grande, mon unique affaire.
Je suis viveur, je suis Francais;
Versez, amis, voilà mon verre,
     Voilà mon verre !
Jetez-moi la première pierre,
Vous qui ne vous grisez jamais.

Hélas ! mes membres sont chargés
Des chaînes que l'hymen nous donne...
Mais Lise est si douce et si bonne,
Que je trouve mes fers légers...
Pourtant, devant d'autres appas,
Le désir brille en ma paupière ;
Et, bref, je ne m'arrête pas
A la conjugale barrière,
    A la barrière.
Jetez moi la première pierre,
Maris qui ne faillissez pas.

France, mon cœur indépendant
Sait admirer toutes tes gloires,
Tes vieilles et jeunes victoires,
Tes trois couleurs, ton drapeau blanc
Car le drapeau n'avilit pas
Alors qu'il défend la frontière :
La gloire surgit des combats
Quand l'ennemi mord la poussière.
    Mord la poussière !...
Jetez-moi la première pierre,
Vous qui méprisez nos soldats !

Un ministère sans pudeur,
Dévoilant toute sa pensée,
Aux yeux de la France oppressée
Ose préconiser la peur...

Sacrifiant tout à la paix,
Il rampe aux pieds de l'Angleterre,
Nous qui portons un cœur français,
Chassons ce mauvais ministère,
            Ce ministère !
Jetons-lui la première pierre,
Nous qui n'aimons pas les Anglais !

Là-bas, par l'ordre d'un tyran,
La Pologne tombe proscrite,
Et, sous le sabre moscovite,
Elle se débat dans du sang !
Ainsi la féodalité
Efface un peuple de la terre !
Mais sous son trône ensanglanté,
L'Égalité creuse un cratère,
            Creuse un cratère.
Aux tyrans jetons une pierre,
Nous qui voulons la Liberté !

Ma verve pourrait m'entraîner ;
Hélas ! dans sa soif de satire,
Dieu sait ce qu'elle pourrait dire..
Mes amis, je vais terminer...

Au bruit joyeux de nos flons-flons
Mêlons le choc de notre verre,
Du vin ! du vin ! et puis buvons
A la liberté de la terre !
        Oui, de la terre !
Et ne me jetez pas la pierre,
Si vous n'aimez pas mes chansons.

NÉMÉSIS GIRONDINES.

·X.

A LA RÉACTION·

—◇--◇—

Elle marche ! elle marche ! où s'arrêtera-t-elle ?
A l'éclair qui jaillit de sa fauve prunelle
Il faut fermer les yeux pour ne pas deviner
Où la réaction prétend nous amener...
Le voile est déchiré, son but n'est plus occulte :
C'est à la royauté qu'elle a voué son culte.
A la bonne heure ! au moins, nous aimons qu'au grand jour
L'on ose pour son dieu proclamer son amour ;

Qu'au moment du danger nul parti ne s'efface ;
Qu'il vienne, le front haut, combattre face à face !
On peut, selon son cœur, remplir son bulletin ;
Et venir le jeter au paisible scrutin ;
Mais le combat fini, quelle qu'en soit l'issue,
N'en appelons jamais aux luttes de la rue.
L'émeute, épouvantail du pays désolé,
Devrait courber le front quand le peuple a parlé !
On a vite oublié que sa voix énergique,
Par un long cri d'amour reçut la République,
Alors que du sépulcre, où la nuit l'oppressait,
Comme le Dieu martyr, elle ressuscitait !
Le Christ crucifié, persécuté comme elle,
Se leva de la mort pour la vie éternelle ;
A la ressuscitée il prêta son appui ,
Il la fit éternelle et sainte comme lui...
Car le peuple, c'est Dieu ! c'est vous qui nous le dites.
O Scribes éhontés, pharisiens hypocrites,
Marchands que le Messie a chassés du saint lieu ,
Le peuple a prononcé, courbez-vous devant Dieu !
. . . .
. . . .
. . . .

Ainsi quand de l'Etna s'allume le cratère,
Quand ses flancs embrasés vomissent le tonnerre,
Quand des vagues de feu les forts mugissements
Bouleversent le sol jusqu'en ses fondements,
Tout fuit épouvanté...

       Quand la flamme et la braise,
A la voix du Seigneur rentrent dans la fournaise ;

Lorsquil ne reste plus de la montagne en feu
Qu'une blanche vapeur montant vers un ciel bleu,
Alors les voyageurs les plus pusillanimes
Viendront sonder de l'œil les terribles abîmes,
Le sourire à la bouche, un bâton à la main,
Sur le sol calciné se frayant un chemin,
Fanfarons, oubliant leurs frayeurs de la veille,
Ils foulent sous leurs pieds le volcan qui sommeille !
De même quand le peuple au jour de sa fureur,
Ainsi que le volcan répandant la terreur.
A travers les cités roule sa lave ardente,
Nul n'ose défier sa colère puissante !...
Détachés par le choc de leur noire prison,
De livides éclairsdéchirent l'horizon,
Leur sinistre clarté devance le tonnerre,
Comme pour lui montrer le chemin de la terre !...
De la trombe de feu les tourbillons épais
Pétrissent les métaux, dévorent les palais.
Laissez passer le peuple impitoyable armée
De géants aux bras nus, noircis par la fumée,
Dominant par ses cris la voix de l'ouragan.
Place ! laissez passer la lave du volcan...
Tout fuit épouvanté...

              Quand le flot populaire
Change en hyme d'amour les cris de sa colère,
Aux blessés ennemis gisant sur le chemin,
Quand le peuple vainqueur viendra tendre la main,
A son sublime cœur la clémence est facile...
Loin de jeter l'insulte à ses rois qu'il exile,
Il ne leur jettera qu'un solennel adieu ;

Oh ! oui, la voix du peuple est bien la voix de Dieu !
A peine si la paix succède à la tempête,
Que les épouvantés relèveront la tête.
Le ciel a revêtu son vêtement d'azur,
Les flots sont apaisés, l'air est limpide et pur,
Au peuple fatigué qui parle de concorde,
L'égoïsme à l'œil faux soufflera la discorde.
De la fraternité, pour entraver l'essor,
A l'émeute sanglante elle jette son or ;
Les flammes du volcan n'effrayant plus la terre,
Elle aura l'impudeur de nier le cratère !!!

Aux jours de Février, peuple, ta volonté,
Comme on chasse un valet, chassa la royauté,
Elle ne trouva pas un seul ami fidèle
Pour défendre sa cause et protester pour elle,
Et parmi ses flatteurs, au moment des combats,
Elle ne rencontra que d'illustres ingrats.
Contre le peuple armé nul n'entra dans la lice :
Tout le monde applaudit sa sévère justice.
Les hommes de la veille et ceux du lendemain,
Au nom de l'avenir se pressèrent la main...
C'est que le peuple, alors, gardait encor ses armes...
Il ne commande plus, il prie avec des larmes,
Sa force s'est usée au contact des douleurs,
Il ne peut à l'intrigue opposer que ses pleurs,
Fils de la république, accablé de misère,
Tourmenté par la faim... il doute de sa mère !...

Mon Dieu, donne à mon cœur le courage et la foi !
Comme la liberté sa force vient de toi ;
Donne-moi, pour prêcher ta divine parole,
L'esprit qui persuade et l'amour qui console.
Sublime créateur, ta puissante bonté,
Au fond de notre cœur mit la fraternité ;
Qu'un rayon bienfaisant de ta divine flamme
Descende de ton front pour éclairer notre âme ;
Pour qu'aux républicains, chrétiens régénérés,
J'enseigne de ton fils les préceptes sacrés.
Pour qu'à l'humanité tu deviennes propice,
Il t'offrit, ô mon Dieu ! sa vie en sacrifice... ·
Ah ! celui qui vécut pauvre et persécuté,
Et qui disait : Venez, je suis la Vérité,
Pour rendre aux malheureux la douleur moins amère,
Enverra de là-haut l'espérance à la terre... ·
Écartons de nos cœurs des regrets superflus ;
Enfants du même Dieu, ne nous maudissons plus.
L'âme a besoin d'amour, comme la fleur timide
A besoin des baisers de la rosée humide.

Nous leur parlons d'amour... et la réaction
Fulmine contre nous sa malédiction.
Hélas ! à convertir l'égoïsme et la haine,
Ma pauvre Némésis, vous perdez votre peine ;
Nous-voilà devenus *d'officiels insulteurs*,
Et de calomniés des *calomniateurs*.
Le *Courrier* se permet de trouver anarchique
Que des républicains veuillent la République.

Peut-être ce journal serait moins absolu,
Si nous lui rappelions tout ce qu'il a voulu.
Nous ne le ferons pas... Némésis est trop fière
Pour aller ramasser des cancans de portière.
Permis à ce journal de venir publier
Des vers *qu'à l'amitié* j'avais cru confier...
Puisque de notre main cette pièce est écrite,
Il a beau se cacher, je connais l'hypocrite...
Je n'avais qu'un ami, qu'un seul, conservateur,
Je ne suis pas surpris de le voir délateur!...

Vous voulez donc un roi! Mais duquel, je vous prie,
Allez-vous faire choix pour sauver la patrie?
Il en faut un... C'est bien... Mais lequel, s'il vous plaît?
Car de vos prétendants la liste est au complet...
L'héritier des Bourbons revendique le trône;
Voulez-vous à son front décerner la couronne?
Unique descendant d'une race de rois,
A votre préférence il semble avoir des droits;
Mais la France aux trois jours déposséda sa race...
Maintenant, dans l'exil, courbé sous la besace,
Sur la terre étrangère, en toute humilité,
Il traîne en conspirant sa légitimité!...
Sera-ce un d'Orléans?... Mais les légitimistes
Ne peuvent, sans faillir, se faire orléanistes!...
Si sous cet étendard ils marchent aujourd'hui,
Il ne pourra demain compter sur leur appui;
Car au nom d'un principe ils sortiront l'épée,
Pour chasser votre roi d'une place usurpée.

A leur roi légitime ils ont voué leurs bras,
Et les fils des Croisés ne se parjurent pas !...
Ce serait donc la guerre !... Il vous reste une veuve
Dont Dieu fit de la vie une terrible épreuve ;
Qui, charitable et bonne au jour de son bonheur,
Sait porter noblement le poids de son malheur.
Oubliant le passé, laissez la pauvre femme
Reporter sur son fils tout l'amour de son âme ;
Lui désignant du doigt un abîme béant,
Laissez-la des grandeurs lui montrer le néant.
Et que son fils, au lieu d'un roi que l'on exile,
Devienne pour la France un citoyen utile ,
Et qu'un jour, sans regrets, il puisse dans Paris
Des trônes écroulés contempler les débris !...
Vous avez bien encor le neveu... Mais, silence !
Ressusciter l'empire est impossible en France.
Suffit-il pour vouloir singer Napoléon
Du succès de Boulogne et du hasard d'un nom ?
Voilà donc quatre fronts qui veulent la couronne ;
Voilà quatre partis se disputant le trône...
Nous convenons fort bien que pour faire des rois,
Il ne nous reste plus que l'embarras du choix.
Quel parti cèdera ?...Voilà tout le mystère...
Aucun !... Les modérés poussent donc à la guerre !...
La guerre entre Français ne vous fait pas horreur !...
Et vous nous accusez de vouloir la Terreur !!!
Allons, de bonne foi, dans les champs, à la ville,
Est-ce nous qui prêchons la discorde civile ?
Est-nous qui tramons de ténébreux complots,
Qui violons les lois, qui rouvrons les cachots ?

Est-ce nous qui, bravant la vindicte publique.
Demandons à dresser l'échafaud politique ?
Est-ce nous qui voulons dans d'atroces combats
Frapper les citoyens par la main des soldats ?...
Ah ! ne craignez-vous pas qu'au jour de la bataille
Les soldats, contre vous ne tournent leur mitraille ?
Si vous les conviez à des actes affreux,
Votre voix restera sans puissance sur eux ;
Dieu ne permettra plus au profit d'une caste
Que l'histoire enregistre une page néfaste...
Les soldats ne sont pas des bourreaux inhumains
Qui, dans le sang du peuple, iraient tremper leurs mains
Ils ne serviront plus d'instruments à la rage ;
Ils veulent des combats dignes de leur courage ;
Ils seront avec nous, quand viendra le danger,
Contre les factieux et contre l'étranger ;
Ils gardent, pour sauver l'ordre et la République,
Au fond de leur mousquet, une balle civique ! !

Faucher l'économiste et Jupiter Barrot
Veulent continuer le système Guizot...
Avec peu de talent et beaucoup de jactance
Ils pensent arriver à régenter la France.
Ministres impuissants à la régénérer,
Aux douceurs du pouvoir ils viennent s'enivrer
Là, le divin Barrot repose son génie ;
Du courageux tribun la carrière est finie ;
Le moderne Sully prétend garder longtemps
Ce portefeuille vert qu'il attendit vingt ans.

Il faudrait, maintenant qu'il est au ministère,
Pour l'en faire sortir, bouleverser la terre...
C'est en vain qu'à la face on lui jette un affront;
Sur son banc de ministre il courbera le front;
Et Guizot, à son tour, travestissant les rôles,
Pourra le souffleter de ses propres paroles!...
Comédiens! Comédiens! la pièce a commencé,
Tâchez de vous grimer mieux que par le passé.
Saltimbanques dorés, ourdissez bien la trame;
Après la comédie arrivera le drame...
Un drame universel dont Dieu sera l'auteur,
Le monde le théâtre et le peuple l'acteur!!
Oui la réaction marche vers des abîmes
Où dorment dans l'oubli tant d'obscures victimes;
Gouffres que sans frémir on ne peut contempler,
Serait-ce avec des morts qu'on voudrait vous combler!

Oh! laissez dans l'exil s'user la monarchie,
Il faut pour son retour la guerre et l'anarchie...
Dans l'amour de la France éteignez vos regrets!...
Aux peuples opprimés Dieu donna le progrès...
Vous pouvez dans le cœur conserver votre culte;
Mais à la foi d'autrui ne jetez pas l'insulte.
Comme vous, plus que vous, nous désirons la paix;
Vous insultez souvent, nous n'insultons jamais;
Vous avez des regrets, nous avons l'espérance.
Nous voulons l'union, vous voulez la vengeance...
Oui, la réaction marche...mais le but fuit;
Et comme un voyageur qu'aurait surpris la nuit,

Se confie au hasard...Elle peut, dans le doute,
Pour arriver au but, prendre une fausse route :
Honteuse et fatiguée, elle verra demain
Qu'elle a laissé sa robe aux ronces du chemin !

1er Avril 1849

LAISSEZ-MOI CHANTER LA LIBERTÉ.

1847.

Air : *Dors, mon enfant.*

Quelques amis m'ont dit : « *De ton génie*
» La sève s'use à des obscurs combats.
» Au peuple en vain tu prêches l'énergie ;
» L'Égalité restera sans soldats !...
» L'or, maintenant, est le dieu de la France ;
» Elle sourit à la servilité. »
O mes amis, laissez moi l'espèrance,
Je veux toujours chanter la Liberté.

D'autres m'ont dit : « *Chante pour l'opulence.* »
Quoi vous voulez que reniant ma foi,
J'aille des grands encenser la puissance,
Lorsque, pour eux, le mépris bout en moi !
Sur mon chemin, quand je trouve un poète,
Adulateur de toute rayauté...
Auprès de lui je peux lever la tête !
Oh ! laissez-moi chanter la Liberté !

» A l'ouvrier tu parles d'espérance :
» Mais la douleur t'attend sur le chemin.
» Poète obscur, pour toute récompense,
» Le travailleur te pressera la main. »
Quand le veau d'or est le Dieu de la terre,
Loin de rougir de mon obscurité,
Je puis tout haut avouer ma misère.
Oh ! laissez-moi chanter la Liberté !

Qu'un sot banquier, amant de sa personne,
Fasse briller sa richesse à mes yeux ;
Qu'un prince nul soit l'héritier d'un trône,
Qu'un fat titré parle de ses aïeux...
C'est le hasard qui donne les royaumes,
L'or et le rang... Mais Dieu, dans sa bonté,
Fit le soleil pour la masse des hommes.
Oh ! laissez-moi chanter la Liberté !

Le Christ a dit : « Tous les hommes sont frères. »
Le Ciel n'a fait ni maîtres, ni valets !...
La mort, frappant richesses et misère,
Visite un jour le chaume et le palais.
Que la richesse, orgueilleuse et cruelle,
Ait du mépris pour notre pauvreté...
L'espoir sourit à notre âme immortelle.
Oh ! laissez-moi chanter la Liberté !

Jadis le pauvre, au coin de chaque rue,
Libre, du moins, pouvait tendre la main ;
Le riche a dit : « *A cet homme qui pue*,
» Je vais donner un asile et du pain ! »
Qu'on fasse honneur à sa philanthropie,
Il a créé, dans son humanité,
Une prison pour celui qui mendie.
Oh ! laissez-moi chanter la Liberté !

Mais le sang bout au cœur du prolétaire ;
L'appui de Dieu ne lui faillira pas...
Sa force augmente et sa raison s'éclaire,
Il veut sa place au festin d'ici-bas.
Il prie encor... Faudra-t-il qu'il ordonne ?
De quelques droits, d'un peu d'égalité,
En attendant qu'on lui fasse l'aumône.
Oh ! laissez-moi chanter la Liberté !

A mes chansons , mes frères en misère ,
Que votre foi vienne se ranimer ;
Pour nos enfants nous préparons la terre :
Pour en jouir ils n'auront qu'à semer.
Pour eux les fruits de la grande bataille ;
Ils pourront voir aux murs de la cité
Les droits du peuple écrits par la mitraille.
Oh ! laissez-moi chanter la Liberté !

PITIÉ POUR EUX.

1848.

Air : *Oh ! laissez-moi mes hochets et mes fleurs*

Ils sont vaincus ! voyez à vos genoux,
Ils crient grâce en déposant les armes.
Pour apaiser votre juste courroux,
A votre force ils opposent des larmes...
Ils sont vaincus, montrez-vous généreux ;
Malgré leur crime ils sont toujours nos frères.
Au nom du peuple ils combattaient naguères,
Au nom du peuple, ayez donc pitié d'eux !

Qu'on les pardonne à ces cœurs égarés,
Qu'on les relève... au lieu de les abattre ;
Pour soutenir les droits les plus sacrés,
Des factieux leur disaient de combattre !...
Facilement au cœur des malheureux
L'erreur se glisse, et la leur fut un crime...
Vainqueurs, peut-être, elle eût été sublime !
Au nom du peuple, ayez donc pitié d'eux !

Pour ces flatteurs des vices indigents,
Propagateurs de dogmes exécrables,
Jetant du fiel au cœur des pauvres gens,
Point de pitié ! voilà les vrais coupables.
Mais ces martyrs aux instincts courageux,
Dont les partis exploitent la vaillance,
Ils avaient cru combattre pour la France.
Au nom du peuple, ayez donc pitié d'eux !

Des criminels, trompant leur loyauté,
Armaient leur bras contre leurs camarades ;
Au nom divin de la fraternité
Les insensés dressaient des barricades !
Le sang coula... le combat fut affreux ! !
On les tuait !... mais leur voix énergique
Criait encor : Vive la République ! !
Au nom du peuple, ayez donc pitié d'eux !

Pitié ! pitié ! l'on a vu quelquefois
La royauté faire grâce au coupable.
Si la clémence est la vertu des rois,
La République est-elle inexorable ?
Lorsqu'il mourait d'un trépas douloureux,
Le fils de Dieu pardonnait à la rage
De ses bourreaux lui crachent au visage.
Au nom du Christ, ayez donc pitié d'eux !

Quoi votre cœur ne répondrait-il pas
Combien l'exil a de rudes épreuves !
Ah ! la mitraille, en ces jour de combats,
Fit bien assez d'orphelins et de veuves !
Pour ses enfants la France fait des vœux,
Contre un principe on tire en vain le glaive...
Un martyr tombe, un apôtre se lève
Au nom du Christ ayez donc pitié deux !

NÉMÉSIS GIRONDINES.

XII.

AUX ÉLECTEURS

-◇-◇-

L'heure approche, électeurs ! votre toute-puissance
Proclamera bientôt les élus de la France !...
Pour accomplir cet acte et si noble et si beau,
Puisse la vérité vous prêter son flambeau...
Au camp républicain que la discorde cesse,
Sous notre saint drapeau qu'on marche sans faiblesse.
Électeurs girondins, Dieu nous juge et nous voit :
Il nous désignera les renégats du doigt !...

10

Serrons-nous ! oubliant nos chétives querelles,
A l'ange du progrès ne coupons pas les ailes !
Car le progrès, c'est Dieu ! c'est le Verbe incarné,
C'est l'espoir qui sourit au pauvre abandonné ;
C'est le nom bien-aimé qu'au doux nom de Marie,
Avec le nom du Christ le malheureux marie.
C'est sous un ciel d'azur, un sol semé de fleurs,
D'où la charité sainte écarte les douleurs ;
C'est le Nazaréen, c'est le Christianisme,
Du cœur de ses enfants arrachant l'égoïsme...
C'est pour l'homme égaré dans l'aride désert,
Une source limpide au pied d'un palmier vert.
C'est l'amour, c'est le beau, c'est le bien, c'est la vie,
Doux rayon qui descend dans notre âme ravie
Pour y faire germer, avec la vérité,
Les divines primeurs de la fraternité !
Oui, le progrès, c'est Dieu ! c'est le nouveau Moïse
Guidant le genre humain vers la terre promise...
C'est l'avenir, instruit des fautes du passé,
Et foulant sous ses pieds le vice terrassé...
C'est l'amour du croyant, c'est le rêve du sage,
C'est l'arc-en-ciel de paix succédant à l'orage !...
O Trinité sacrée ! ô Dieu de liberté !
C'est au nom de la France et de la vérité
Que j'implore à genoux ta divine assistance !
O Dieu ! donne à ma voix la force et l'éloquence,
Et pour rendre puissants mes accents convaincus,
Communique à mon cœur la foi de tes élus ! !
Électeurs ! croyez-vous que la bonté divine
Voulut faire de l'homme une inepte machine ?

Qu'elle ait dit à ceux-ci : Vous n'avez qu'à jouir ?
Qu'elle ait dit à ceux-là : Vous n'avez qu'à souffrir ?
Non ; elle nous pétrit de la même matière ;
Pour nous éclairer tous elle fit la lumière...
Dans le fond de notre âme, en nous donnant le jour,
Elle sema la foi, le courage et l'amour...
L'amour ! pour qu'à celui que la misère accable,
Le plus opulent tende une main secourable.
Le courage ! car l'homme est roi de l'univers;
Il doit savoir porter le poids de ses revers !
La foi ! pour qu'à la mort, dans la vie éternelle,
Jésus donne une place à notre âme immortelle !!
Nous sommes tous égaux, tous, le faible et le fort ;
Notre vie est soumise au niveau de la mort...
Choisissons-nous la place où le Ciel nous fait naître ?
Ici-bas et là-haut Dieu seul est notre maître.
Et n'est-ce pas pour tous, qu'en sa sainte équité,
Il envoya son fils prêcher l'égalité ?
L'égoïsme et la force ont créé les royaumes :
Le hasard fait des rois, l'Éternel fait des hommes !
Relevons donc la tête à la voix du progrès ;
Que l'humanité forme un sublime congrès,
Où les déshérités, rendus à l'espérance,
Viendront former entre eux une sainte alliance,
Pour que les oppresseurs, surpris par leur réveil,
Ne leur marchandent plus une place au soleil !
Électeurs, nous croyons que notre République
A trouvé dans votre âme un écho sympathique.
Sous le règne d'un seul nous étions à genoux :
Tous ont droit au respect, sous le règne de tous !

Plus de rois oppresseurs prenant à la misère
Et les fruits de sa vigne et les fleurs de sa terre ;
Plus d'iniques impôts prélevés sur nos bras,
Pour payer des flatteurs, pour payer des ingrats !
Plus d'hommes au pouvoir élevant leur fortune
En venant exploiter la misère commune !
Les continuateurs des Teste et des Despans
Doivent enfin cesser de vivre à nos dépens ;
Plus d'impôts pour payer une presse vendue,
Regrettant les abus d'une cause perdue ;
Plus de conscription pour nous voler nos fils,
Que tous soient appelés à servir leur pays !
Plus de prestations, faisant du misérable
Un manant d'autrefois, taillable et corvéable ;
Plus d'octrois nous fermant la porte des marchés ;
Aux produits girondins ouvrons des débouchés,
Pour que les travailleurs, au sortir de l'ouvrage,
Dans un vin généreux retrempent leur courage...
Pour retrouver sa force et sa prospérité,
Le commerce a besoin d'air et de liberté.
Plus de droits protecteurs ! notre terre est féconde :
Ouvrons à l'univers les ports de la Gironde.
Place à la Liberté ! place aux Républicains !
Demandez aux valets des modernes Tarquins
S'ils n'ont pas repoussé nos prières ardentes,
Lorsque nous leur montrions nos blessures saignantes...
Nous souffrions ! mais qu'importe ! ils s'enrichissaient, eux !
Ceux-ci vendaient leurs fers, ceux-là vendaient leurs bœufs.
Pour parler en faveur de tous les monopoles,
Molé, Thiers et Bugeaud se partageaient les rôles.

Aussi, tous les matins, nos austères journaux
Venaient les foudroyer dans leur premier-Bordeaux.
Aujourd'hui ces journaux, écho du libre-échange,
Des monopoliseurs encensent la phalange;
Émérites menteurs, charlatans maladroits,
Ils se font les flatteurs *des augmenteurs* de droits !
Pantins ! toujours pantins ! Pantins économiques,
Pantins du libre-échange et pantins politiques,
Paillasses novateurs, sautez pour le passé !...
..... Mais ils sautèrent tant que la corde a cassé !

Lorsque le pain manquait à nos pauvres famille,
On entourait Paris d'un réseau de bastilles;
On armait des vaisseaux pour s'enfuir des combats ;
On payait à Pritchard le sang de nos soldats !
On payait au Maroc l'honneur de la victoire;
On payait pour la honte, on payait pour la gloire !
Le trésor de l'État, qu'alimentait l'impôt,
N'était plus, à leurs yeux, qu'un coffre de tripot,
Où la corruption, l'intrigue et la bassesse
Puisaient à pleines mains la honte et la richesse !
Et vous osez pourtant gens de la royauté,
Demander à la France un bill de loyauté !!!
C'est à vous, électeurs, de peser en vous-mêmes,
Vous, maîtres souverains, vous, les juges suprêmes
Si vous devez encor aux hommes d'autrefois
Confier votre honneur, votre avenir, vos droits.
Prononcez... De vos yeux si le passé s'efface,
Pitié pour le pays qui vous demande grâce !

Il n'a pas dépouillé ses vêtements de deuil :
Hélas ! il prie encor sur ses fils au cercueil !
Ne lui préparez pas de nouvelles alarmes,
Et puisque la révolte a déposé ses armes,
N'allez pas, au profit d'un homme ou d'un parti,
Lui jeter à la face un insolent défi !...
Ah ! quand les défenseurs de trois races distinctes
Réunissent leurs mains dans de fausses étreintes,
Ils ne prétendent pas engager l'avenir
La haine du progrès a pu les réunir :
Leur triomphe serait un germe de querelles
Qui produirait bientôt des discordes cruelles...
Électeurs, songez-y... trois fronts à couronner,
Trois hommes, trois partis qui voudront gouverner ;
Il surgirait du choc une guerre terrible,
Où tout serait infâme, où tout serait horrible !
Un immense massacre, où le peuple abusé
Prodiguerait son sang pour un fantôme usé !!!
Mais peut-être que Dieu, lui montrant les coupables,
Il tournerait contre eux ses armes redoutables !...

Oh ! sauvons au pays ces sanglantes horreurs.
Villageois, citadins, ouvriers, laboureurs,
Arrachons de nos cœurs tout germe de rancune
Pour songer au salut de la mère commune.
Au nom de notre sang pour son bonheur versé,
Écrasons sous nos pieds le monstre terrassé.
Venez, républicains, l'égoïsme et l'intrigue,
Pour marcher contre nous ont préparé leur ligue.

Les *loyaux* serviteurs de tous les prétendants
Viennent de dévoiler leurs projets imprudents ;
Ils ont levé le masque, et dans leur fanatisme
Ils veulent *supprimer* le républicanisme.
C'est à vous, électeurs, coupables de l'aimer,
De voir si vous voulez vous laisser supprimer !

Vous voterez pour eux, si votre âme est flétrie,
Ou qu'elle reste sourde aux cris de la patrie.
Si votre cœur se plaît à des combats affreux,
Si vous voulez du sang, vous voterez pour eux !

.... Vous voterez pour nous si de la République
Vous voulez comprenant le progrès pacifique,
Devant la liberté voir le monde à genoux ;
Si vous voulez la paix, vous voterez pour nous !

.... Vous voterez pour eux, vous dont le royalisme
Au-dessous des écus ravale le civisme ;
Chrétiens adorateurs du veau d'or des Hébreux,
Impudiques marchands, vous voterez pour eux !

.... Vous voterez pour nous, ouvriers de courage,
Dont les membres de fer endurcis par l'ouvrage
Demandent au travail un avenir plus doux ;
Nobles cœurs, bras vaillants, vous voterez pour nous !

.... Vous voterez pour eux, repus du vieux régime
Qui sur notre travail prélevez une dîme ;
Du trésor du budget avides *partageux*,
Honnêtes modérés, vous voterez pour eux !

Vous voterez pour nous, vous que l'usure oppresse,
Commerçants dont l'impôt augmente la détresse ;
L'or qui les enrichit est prélevé sur vous :
Hommes intelligents, vous voterez pour nous !

.... Vous voterez pour eux, *protecteurs* des familles,
Libertins décrépits qui portez des béquilles ;
Sublime bataillon des électeurs verreux,
Cohortes des faillis, vous voterez pour eux !

Vous voterez pour nous, *républicains infâmes*,
Qui protégéz vos sœur qui chérissez vos femmes ;
Vous qui bercez le soir vos fils sur vos genoux,
Pères dénaturés, vous voterez pour nous !

Oh ! venez, venez tous, hommes pleins d'espérance,
Qui voulez, avant tout, le bonheur de la France ;
A la nouvelle foi, nobles cœurs convertis,
Qui par l'amour de l'or n'êtes pas abrutis.
Oh ! venez, venez tous ! Notre noble bannière
Sur sa sainte devise appelle la lumière...

ous respectons la foi de tout homme de bien ;
xcepté les abus ; nous ne supprimons rien !
ous ne prétendons pas, au profit d'une idée,
u sang de ses enfants voir la France inondée ;
ur notre sainte cause appelant les regards,
ous n'avons ni prisons, ni cachots, ni mouchards.
omme les *modérés*, propageant leur doctrine,
ous n'argumentons pas avec la guillotine :
os mains n'agitent pas un funèbre linceul,
'existence de l'homme appartient à Dieu seul !!!
ous ne prétendons pas dépouiller l'opulence :
ais nous voulons vêtir et nourrir l'indigence ;
ous voulons avec l'ordre, avec la liberté,
rotéger la famille et la propriété !...
ous voulez l'ignorance, et nous voulons instruire,
u'au livre de ses droits le peuple puisse lire.
es erreurs du passé vous rêvez le retour,
Vous conseillez la haine, et nous prêchons l'amour.
Nous suivons le chemin, vous marchez dans l'ornière,
Vous fuyez le grand jour, nous cherchons la lumière ;
Quand nous la respectons, vous violez la loi,
Vous avez les écus, mais nous avons la foi !!!

Oh ! venez, électeurs, venez, fils de la France,
Venez faire aujourd'hui preuve d'indépendance...
Préférez-vous toujours, crédules bonnes gens,
Servir de marchepied à quelques intrigants ?
N'est-il pas temps enfin de relever la tête,
Et que sur notre front brille un soleil de fête ?

Revendiquez vos droits et votre dignité,
Soyez dignes, enfin, de votre liberté!
Le peuple n'est-il bon, pauvre chair à mitraille,
Qu'à se faire tuer sur le champ de bataille?
Et doit-il maintenant, comme dans le passé,
Être calomnié, maudit et repoussé?
Ne doit-il pas, enfin, compter pour quelque chose?...
Personne mieux que lui ne défendra sa cause :
Que parmi ses enfants il cherche son appui,
Que son règne se lève et commence aujourd'hui!
Électeurs! que le cri : Vive la République!
De tous les gens de cœur devienne le cantique.
Vous qui n'ête ni duc, ni comtes, ni marquis,
A la guerre civile arrachez le pays!
En venant déposer, au nom de la morale,
Des NOMS RÉPUBLICAINS dans l'urne électorale!

6 mai 1849.

NÉMÉSIS GIRONDINES.

XIII.

A MES AMIS.

—◇· ·◇—

Non, mes amis, non pas Némésis n'est pas morte,
Voilà qu'elle revient plus railleuse et plus forte ;
Et de par saint Falloux, patron des modérés,
Elle conserve encor quelque traits acérés.
Bazile, Bilboquet, Pantin, Polichinelle,
Vous allez tour à tour défiler devant elle,
Pour clouer au poteau vos vénales vertus,
Son bras sera plus sûr et ses clous plus pointus ;

Elle revient, vous dis-je, avec la même verve.
Ce n'est point un tendron que l'eau sucrée énerve :
C'est une femme forte, aux robustes appas,
Qui donne son amour, mais qui ne la vend pas,
Fille de l'atelier, populaire nature,
Esprit peu cultivé qui produit sans culture,
Elle ne hante pas les splendides palais;
Devant les courtisans et devant les valets,
Bien loin de respecter leur casaque dorée,
La folle, à pleins poumons, crie: A bas la livrée !
Aussi que d'ennemis fanfarons impudents,
L'attaquent à la fois des ongles et des dents.
D'honnêtes modérés, par un calcul infâme,
Ont tenté d'affamer la courageuse femme.
Ils espèrent qu'un jour, réduite par la faim,
Ils pourront l'acheter pour un morceau de pain !
Cela ne sera pas, amis je vous le jure !
Némésis peut mourir, mais elle mourra pure;
Fidèle à son parti, fidèle à son drapeau,
La fierté dans le cœur, sa cocarde au chapeau?
Oh ! non, ne pensez pas qu'elle se prostitue...
On peut mourrir de faim... mais la honte aussi tue.
L'une brise le corps sous le poids du malheur,
Sous le poids du mépris, l'autre brise l'honneur !
Eh bien! donc, que la faim déchire sa poitrine,
Que la réaction travaille à sa ruine,
Qu'elle laisse à dessein ses bras inoccupés,
Et que du même coup ses enfants soient frappés...
Elle démasquera la bassesse et le vice:
Pour ses frères du peuple elle dira : JUSTICE !

Jusqu'à ce qu'épuisée en mendiant son pain ,
Sur la place publique elle meure de faim !
.... Alors, vienne le peuple, et dans toute la ville
Qu'il promène à pas lents ce cadavre immobile.
Place ! place ! soldats, ouvrez vos bataillons ;
Place ! laissez passer ce cortége en haillons.
Ce corps que sur ses bras le peuple porte en terre ,
C'est une de vos sœurs que tua la misère...
Du pain qu'on lui jetait elle ne voulut pas.
Pauvre sœur ! il fallait le ramasser trop bas !
Oubliant ses douleurs aux jours de nos alarmes ,
Sa franchise arrachait un sourire à nos larmes.
Frères des travailleurs, soldats, inclinez-vous ;
Elle est morte à la tâche, en combattant pour nous.
A celle dont la faim déchira les entrailles
Les affamés feront de nobles funérailles.
Ni prêtre à chape d'or, ni cierges allumés,
Ni suisse, ni bedeau , ni chantres enrhumés,
Ni serpent de paroisse aux notes glapissantes,
S'efforçant d'accorder mille voix éclatantes,
Ni douleur d'apparat, ni voitures de deuil,
Ni cloches, ni parfums , rien... pas même un cercueil !
Rien qu'un silence morne et qu'une foule émue
Accompagnant un corps ramassé dans la rue,
Rien que des travailleurs amaigris par la faim ,
Et sur un drapeau noir cette phrase : Du pain !.
Rien que des travailleurs dont le regard menace...
Chapeau bas, *modérés*, c'est Némésis qui passe !!
Mais je puis assurer ses courageux amis
Qu'elle se porte bien , malgré ses ennemis.

Seulement, pour pouvoir frapper le ridicule,
Elle a renouvelé les clous de sa férule...
Ainsi, pendant la trève, un vigilant soldat
Prépare son mousquet pour le jour du combat.
Pour avoir quelques droits au gain de la bataille,
Elle a pendant la paix, préparé la mitraille.
Son fouet emmanché d'un flexible roseau,
A chaque coup qu'il frappe emporte le morceau.
Son cœur est sans pitié, son bras est fort et ferme,
Honnêtes modérés, gare à votre épiderme !...

Il nous souvient qu'un jour *Étienne* le savant,
Pour la pulvériser mit sa faconde au vent.
Ce génie inconnu que Barsac a vu naître,
Et qu'un jour vit briller, qu'un jour vit disparaître,
Nous fit très peu de mal... Cet Amadis du crû,
A notre grand regret du tournoi disparu,
A-t-il répudié ce réceptacle immonde
Que l'on appelle ici *Courrier de la Gironde ?*...
Sans doute ce monsieur se désole aujourd'hui
De voir que ce journal déraisonne sans lui.
Vous avez bien raison, désolez vous Étienne :
Qui pourrait sans rougir, si ce n'est *la Guienne*,
Reproduire des vers où vous dites si bien
Que le cosaque X... est un grand citoyen...
Plutarque girondin, malgré votre génie,
On a pris votre place au *Courrier-Calomnie*.
Et ses rares lecteurs peuvent, chaque matin,
Lire du *Cassagnac* à défaut d'*Aubertin*.

ieux lion Barsacais, rentre dans ta tanière :
élas ! que te sert-il de dresser ta crinière,
e parcourir ta chambre en te battant les flancs
our accoucher d'un tas d'hémistiches ronflants :
n n'imprimera plus tes savantes épîtres ;
l'amour du *Courrier* Granier seul a des titres ;
faut à ce journal, amoureux du mépris,
e la délation, du mensonge à tout prix !...
liracle, mes amis, la feuille royaliste,
)échirant son drapeau, se fait socialiste.
)ans un premier-Bordeaux elle vient d'avouer
)ue nous ne sommes pas des gens bons à rouer...
)ui donc te méprisait, milice travailleuse ?
)ui donc osa nier que tu fus malheureuse ?
\h ! le *Journal du Peuple* et le digne *Courrier*
)ortent au fond du cœur l'amour de l'ouvrier ;
Et, certes, ce n'est pas ces deux feuilles bénignes
Qui de la liberté nous jugèrent indignes.
C'est le *Courrier* qui fit le vote universel,
Qui supprima l'impôt des lettres et du sel ;
Qui prépare au commerce un avenir moins triste,
Et fait nommer Molé comme libre-échangiste.
C'est lui qui veut encor supprimer les octrois
Et nourrir la canaille avec des petits pois.
C'est lui qui fit bâtir l'hôpital de la ville,
Qui construisit le pont et les salles d'asile.
Et c'est à sa vertu, c'est à sa charité
Que l'on doit le dépôt de la mendicité,
Cet ignoble dépôt que la philanthropie
A donné pour prison au pauvre qui mendie.

Mais que nous fait à nous cet infâme journal ?
De la guerre civile il donne le signal !
Ouvriers, nous saurons mépriser ses injures ;
La justice de Dieu fait raison des parjures !
Le progrès marche, marche ! et lorsque l'heure vient,
De ceux qui l'ont trompé le peuple se souvient !
Que leur faut-il de plus ! Oudinot le grand homme,
Par ordre de Falloux, a fait bombarder Rome.
Le *Courrier* prouvera qu'un pape n'est puissant
Qu'alors qu'il est couvert et de boue et de sang !
O Christ ! sublime fou, ta justice féconde
A voulu par l'amour régénérer le monde,
Et l'infaillible roi qui gouverne en ton nom,
Pour opprimer son peuple en appelle au canon !
Oui, le Christ était fou quand il dit aux apôtres :
« *Vous devez vous aimer et les uns et les autres.* »
Et ne voyez-vous pas la sainte papauté,
Le vicaire d'un Dieu d'amour et de bonté,
Qui, pour reconquérir un lambeau de puissance,
Enseigne à l'univers la haine et la vengeance ?
Que le berceau des arts et de la chrétienté
Devienne le tombeau de la fraternité.
Allons, que le plomb tue et que le sang ruisselle
Dans tous les carrefours de la ville éternelle.
Du citoyen romain le civisme brûlant
Contre les étrangers se débat en râlant.
Feu !! pour qu'on puisse dire à l'Europe ébahie
« *Que l'ordre règne à Rome ainsi qu'à Varsovie !* »
Ravager un pays par le droit du plus fort,
Vous appelez cela de l'ordre... c'est la mort !

Venir sous ton talon, France républicaine,
Écraser sans pitié la liberté romaine ;
T'abreuver de mépris, violer tous les droits,
Faire de nos soldats les sicaires des rois ;
Pour tuer le progrès leur confier des armes,
Et de l'absolutisme en faire les gendarmes ;
Frapper les opprimés, venger les oppresseurs,
A la face du monde assassiner tes sœurs !
Placer dans le tombeau de la Pologne morte
La Rome des chrétiens si vaillante et si forte ;
Mutiler ses enfants, puis, avec nos boulets
Écrire cette histoire au front de ses palais...
C'est de *l'ordre*, cela ?... Non ! non ! c'est de la honte
Dont nous devrons à Dieu rendre un terrible compte !
Feu partout ! feu toujours ! Feu sur ces monuments,
Du vieux monde chrétien, sublimes ornements,
Feu sur le Vaticain ! feu sur la ville antique !
Effaçons d'ici-bas la cité catholique.
Feu partout ! que demain le pélerin surpris,
Du berceau de la foi contemple les débris.
Soldats républicains, nobles fils de la France,
Au profit des tyrans, feu sur l'indépendance !
Ni grâce, ni pitié pour ce nid empesté.
La nouvelle Gomorrhe a crié : Liberté !!!
Feu partout, feu toujours, pour rétablir saint Pie
Aux horreurs d'un assaut livrez la ville impie ;
Pour soutenir les rois nous vous avons armés ;
Vous êtes les bourreaux des peuples opprimés.
Par la brèche que fit la mitraille française,
Les soldats autrichiens pourront entrer à l'aise

11

Pour aller déflorer le vieil honneur romain,
Nous devions aux pandours enseigner le chemin !
O Rome ! dans ton sang l'absolutisme immonde
Esseya d'étouffer la liberté du monde.
Oui, c'est la liberté que Falloux et Faucheur
Par des républicains voulaient faire faucher.
Ils espéraient changer nos soldats héroïques
En moissonneurs obscurs des jeunes Républiques !..
Ah ! notre cœur comprend que dans les champs romains
La faucille ait tremblé dans leurs royales mains.
Honte à vous qui pensiez que notre noble armée
Viendrait assassiner une sœur bien-aimée,
Sans que par le remords ses bras rendus tremblants
Lui portent d'autres coups que des coups chancelants.
Vous n'êtes pas vaincus, nobles fils de la France ;
Notre bras impuissant contre l'indépendance
Retrouvera demain sa force et sa vigueur,
Si de la République il se fait le vengeur ;
Vous n'êtes pas vaincus, non ; mais que le jour vienne,
Vous n'avez pas pris Rome, eh bien ! vous prendrez Vienne ;
Vous irez, s'il le faut, en passant par Berlin,
Arborer vos drapeaux aux sommet du Kremlin ;
Et le cœur plein d'orgueil, le front pur de vergogne,
Déclouer le cercueil de la pauvre Pologne !!

17 juin 1849.

LES FILLES DU PEUPLE.

1.

PAULINE.

Il est bien des douleurs qu'ignore l'opulence,
Bien des maux inconnus des heureux d'ici-bas ;
De ce que nous souffrons, enfants de l'indigence,
    Le riche ne se doute pas !

Travailleurs, jusqu'à lui que notre voix s'élève,
Et pendant leur sommeil que les échos du soir
Aux suaves concerts qui les bercent en rêve
    Portent nos cris de désespoir !

A l'œuvre ! levez-vous au nom de la justice
Soldats de la pensée et de l'humanité,
Courage ! descendez jusqu'au bouge du vice
    Pour y chercher la vérité !

Des sœurs de l'ouvrier je vais dire l'histoire ;
Je ne fais point ici la part de l'imprévu ;
A mes simples récits si l'on ne veut pas croire
    Je pourrai répondre : J'ai vu !

.... Qu'est la fille du peuple ? Une humble créature,
Une pauvre martyre aux instincts vertueux...
Et que l'adversité réserve pour pâture
    A la débauche des heureux !

C'est une fleur qui naît forte et pleine de vie :
Dieu la jette ici-bas comme toutes les fleurs ;
Et puis elle languit, humble, maigre et flétrie
    Au pâle soleil des douleurs...

Pour protéger sa tige elle n'a pas de serre ;
Le froid lui mord le cou, le visage et le sein ;
Sa peau se gerce et saigne, et bien souvent sa mère
    Ne peut pas lui donner de pain !

L'été, dès le matin on la jette à la rue ;
Elle marche au hasard sans guide et sans conseil,
Insouciante et folle elle court tête nue
    Sous les chauds rayons du soleil.

Elle est heureuse alors, qu'importe l'indigence !
Du pain que l'on lui donne elle peut se nourrir...
Pauvre enfant, elle rit, elle chante, elle danse
    Sans nul souci de l'avenir !

Pauline était ainsi. Fille d'un prolétaire,
Travailleur courageux n'épargnant pas ses bras,
Vivant au jour le jour d'un modique salaire
    Qui souvent ne suffisait pas.

Mais le travail faillit... le travail c'est la vie ;
S'il manque quelques jours tout manque à l'ouvrier ;
Il n'a plus qu'à choisir la mort ou l'infamie
    S'il est trop fier pour mendier !

Le travail manque donc... à sa pauvre famille
Le malheureux bientôt ne put donner de pain,
Et par ses cris de rage il accueillait sa fille
    Quand elle lui disait : J'ai faim !

La faim ! ce mal affreux que la richesse ignore,
Ce mal épouvantable auquel on ne croit pas...
Opulens, dans la rue on le retrouve encore,
    Vous le heurtez à chaque pas.

Pauline chaque soir descendait dans la rue
Et venait implorer la pitié du passant ;
Oh ! comme elle priait... car elle était battue
    Quand elle rentrait sans argent !...

Lorsque la raison vint, la jeune mendiante
Rougit de son métier, car son âme comprit
Que l'aumône est ignoble et bien humiliante,
    Qu'elle déshonore et flétrit !

Il faut vivre pourtant ; car, comme à l'opulence
Le ciel à la misère a donné des besoins,
Et personne ne donne à la pâle indigence
    Gratis des secours et des soins.

Tout s'achète et se vend, jusqu'au mot qui console :
Au baillon qui la couvre, au pain qui la nourrit.
Personne n'a pour elle une douce parole ;
    On la méprise, on la maudit !!!

..... Il reste une ressource au père de famille...
Lorsqu'il a faim, bien faim ! et qu'il est sans argent,
S'il possède une belle et chaste jeune fille
    Il pourra la vendre au comptant !

On en tire parbleu ! de magnifiques sommes...
Et ces pauvres enfants qu'on devrait respecter,
Chaque jour, à toute heure, on trouvera des hommes
    Assez vils pour les acheter !!!

Etouffe à tes baisers l'enfant qui se réchauffe,
Mère, ton avenir ne saurait être beau ;
Ta fille est pour le riche une chair à débauche
    Que l'on marque dès le berceau.

Pauline avait quinze ans, elle était chaste et pure,
Sans soif pour des plaisirs que son âme ignorait.
Le vice devina la belle-créature
    Sous le haillon qui la couvrait.

Il fit briller de l'or.... et la pauvre innocente
Ne sut pas résister à cet appât trompeur.
Pour ne plus mendier, au démon qui la tente
    Elle livra tout.... hors son cœur !...

Car le cœur veut un cœur qui sache le comprendre :
Ni l'or ni les grandeurs n'influencent son choix ;
C'est l'œuvre du Seigneur que l'on ne peut pas vendre
    Et qu'on ne donne qu'une fois....

Comment donc s'allierait une chaude et jeune âme,
Des sens que les plaisirs n'ont pas encor usés,
A l'homme corrompu qui n'apporte à la femme
    Qu'un cœur froid et des sens blasés !!!

Pauline se vendit pour soulager son père
Qui, vieillard à son tour, lui demandait du pain !
Elle avait éprouvé, l'enfant de la misère,
    Ce qu'on souffre quand on a faim !

Il fallut donc se vendre !!! Et comme elle est gentille,
Sa taille gracieuse et son regard flatteur,
Comme elle avait quinze ans, la pauvre jeune fille
    Put trouver un riche acheteur...

Surmonte ton dégoût, pauvre femme innocente,
Change en joyeux soupirs tes soupirs douloureux ;
Ne pleure pas enfant, car sous ta lèvre ardente
    Le scélérat boirait tes pleurs !

Il t'a donné de l'or... Maintenant pauvre fille ,
Ton honneur, ton amour, tes larmes sont à lui....
On appelle cela protéger la famille
    Chez les *honnêtes* d'aujourd'hui !!

Pauline eut des laquais, des parures, des fêtes,
Un carrosse doré, des chevaux, des flatteurs,
De riches diamants, de brillantes toilettes,
    Une foule d'adorateurs.

Elle ne songea plus aux jours de sa misère,
Son âme s'endurcit dans les bras du plaisir ,
Elle oublia bientôt jusqu'à son pauvre père
    Et son nom la faisait rougir.

Il lui fallait du bruit, les horreurs de l'orgie :
On lui fit essayer toutes les voluptés,
Et son âme de flamme usait son énergie
    A d'ignobles impuretés.

A de sales excès par le vice entraînée ,
De plaisirs dégoûtants ses sens furent repus :
Elle ne fut bientôt qu'une rose fanée
    Dont le vice ne voulut plus.

Son riche entreteneur un jour se lassa d'elle…
Fille de l'ouvrier, recommence à souffrir !
Il faut à ton amant une rose nouvelle
    Qu'il puisse souiller et flétrir !…

A son libertinage il faut une âme ardente ;
Qu'il mêle à son sang froid un jeune sang qui bout.
Va-t'en ! tes yeux éteints et ta bouche impudente
    N'inspirent plus que son dégoût !

Va-t'en ! car maintenant qu'il t'a bien avilie
Il est sourd à tes cris, il ne voit pas tes pleurs.
Il te faut, pauvre enfant, boire jusqu'à la lie
    La coupe amère des douleurs !

Va-t'en ! prostituée, il te rejette au monde,
Et s'il te retrouvait dans sa riche maison,
Il t'en ferait chasser comme une bête immonde
    Que l'on frappe avec un bâton.

Va-t'en ! sors de chez lui, dégoûtante et souillée,
A son sang vicié ton sang s'est corrompu…
Pour te déshonorer cet homme t'a payée,
    Va-t'en !!! que lui réclames-tu ?…

Va-t'en !!! mais pauvre enfant tu n'a plus de famille,
Ton père sans secours et rongé par le mal,
Brisé par le besoin… en maudissant sa fille
    Vient de mourir à l'hôpital.

C'est pour le soulager que tu t'étais vendue,
Et tu l'as vu mourir sans soucis, sans remords ;
Car l'or flétrit le cœur et la débauche tue,
    Et pourrit tout', l'âme et le corps !!.

Pauline vendit tout, ses bijoux, ses toilettes,
Consumant sa jeunesse en regrets superflus...
Elle paya d'abord, puis elle fit des dettes ;
    Enfin l'on ne lui prêta plus...

. Le suicide restait...! Mais elle était flétrie ;
Le courage manquait à son cœur desséché.
Elle eût pu par la mort purifier sa vie :
    Elle préféra le péché....

Allons ! à tout venant qu'elle se prostitue ;
Car elle a sur son front, pour trouver acheteur,
Remplacé le remords qui pâlit et qui tue
    Par une cynique impudeur.

Qu'elle vienne le soir, couverte de guenilles,
Agacer les passants de la voix, de la main ;
La concurrence est grande, et le troupeau des filles
    A besoin de manger demain.

Elle sourit à tous d'un lubrique sourire ;
Pourtant, la malheureuse, elle manque de tout ;
Car sa lubricité, le plus souvent n'inspire
    Que du dédain ou du dégoût.

Puis elle ira joyeuse au débit d'eau-de-vie
Noyer dans l'alcool un reste de chagrin ;
Puis elle sortira de cette tabagie
    Puant la débauche et le vin !

Pauline en était là... car la fille publique
De ses mauvais penchants n'arrête pas le cours :
C'est un être abruti, sans vouloir énergique
    Et qui descend toujours... toujours !

..... Un jour elle but tant, la pauvre corrompue,
Qu'elle en avait perdu la force et la raison,
La patrouille, la nuit, la trouva dans la rue,
    On la conduisit en prison !

Un matin le gardien de cet horrible asile
Vint lui jeter le pain qui devait la nourrir,
Mais il ne retrouva rien qu'un corps immobile :
    Elle avait cessé de souffrir.

Et ce récit est vrai, votre cœur peut y croire...
Oh ! les filles du peuple ont bien d'autres douleurs.
De Pauline aujourd'hui je vous ai dit l'histoire,
Je vous dirai demain l'histoire de ses sœurs.

Partisans du passé, pitié pour la misère...
Hélas ! pour ne point voir Dieu vous fit-il des yeux ?
N'avez-vous point de sœur, n'avez-vous point de mère
Pour oser soutenir que tout est pour le mieux !

LES FILLES DU PEUPLE.

II.

JEANNE.

« Va, mon enfant, va-t-en loin de ta pauvre mère ;
» Va loin de ton berceau travailler et souffrir :
» La récolte est mauvaise et le gain de ton père
   » Ne suffit plus à te nourrir.

« Il faut payer l'impôt ... La terre qu'il afferme
» Faute d'être fumée a produit peu de grain ;
» Notre propriétaire a réclamé son terme...
   « Va, Jeanne va gagner ton pain !

» Quitte ton toit de chaume et ta pauvre famille,
» Ange de nos vieux jours, va vivre loin de nous.
» Le malheur nous sépare... et cependant ma fille,
  » Tès baisers nous étaient si doux !

» Nous avions tant besoin de tes caresses saintes
» Pour nous faire oublier les chagrins d'ici-bas ;
» Quand tu nous souriais, nous n'avions plus de plaintes
  » Et nos membres n'étaient plus las !

» Nous aimions, le dimanche, au foyer domestique,
» De nos maigres repas joyeuse bout-en-train,
» A t'entendre chanter une chanson rustique
  » Dont nous répétions le refrain.

» Qui donc au livre saint nous lira les prières ;
» Qui donc tendra son front au baiser paternel :
» Qui donc appellera sur la pauvre chaumière
  » La bénédiction du ciel ?

» Qui donc devinera notre douleur muette :
» Qui donc sous ses baisers étanchera nos pleurs ?
» Qui donc en souriant, le jour de notre fête,
  » Viendra nous apporter des fleurs ?

» Personne. Cependant, quand aux branches du chêne
» Les oiseaux du printemps ont suspendu leurs nids,
» Dieu jette sur leur route un brin d'herbe, une graine
  » Pour alimenter leurs petits !

» Et nous, nous n'avons rien à te donner, ma fille ;
» Rien pour t'alimenter, ni brin d'herbe, ni grain,
» L'indigence ici-bas doit rester sans famille...
      «Va, Jeanne, va gagner ton pain !

» Je ne suis qu'une pauvre et malheureuse femme,
» Et pourtant pour l'enfant que mon flanc mit au jour,
» Je sens bien que le ciel a placé dans mon âme
      » L'immensité de son amour.

» J'aurais voulu, mon Dieu, l'élever sous mon aîle,
« L'entourer de mes soins, la bénir tous les soirs,
» Et sa main dans ma main m'endormir auprès d'elle
      » En embrassant ses cheveux noirs !

» O! Jeanne! mon enfant, ne maudis pas ta mère,
» Nous n'avons pas de pain, quitte nous... C'est affreux!
» Pourquoi Dieu donna-t-il un cœur à la misère?...
      » Riches, vous êtes bien heureux.

« Bien heureux, près de vous vos enfants peuvent vivre,
» S'inspirer aux vertus du foyer paternel,
» Et nous, femmes du peuple, est-ce donc dans un livre,
      » Qu'on apprend l'amour maternel?

» Non, non; aimer sa fille est un droit de nature...
« L'Eternel donne à tous de sublimes amours :
» Un cœur de mère bat sous la robe de bure
      »Comme sous celle de velours.

» Pour défendre son nid, la douce tourterelle
» Viendra frapper du bec les enfans ravisseurs ;
» Pour garder leurs petits, le tigre et sa femelle
    » Se font tuer par les chasseurs.

» Croit-on que la misère a semé dans notre âme
» Pour y tuer l'amour des germes étouffants,
» Que nous n'aimerions pas comme une grande dame
    » A vivre près de nos enfants !

» Des plaisirs de la ville ignorant le délire,
» Pauvres femmes des champs, notre bonheur à nous,
» C'est de voir chaque soir notre enfant nous sourire
    » Et s'endormir sur nos genoux.

» Va, ma Jeannette, va, loin de l'œil de ta mère,
» Près des indifférents, va pleurer et souffrir !
» Nous souffrons ! et le pain manque à notre misère !
    » Va travailler pour te nourrir !

» Nous prîrons Dieu pour toi dans la triste chaumière ;
» Reste pure et sans tache au service des grands,
» Et pense chaque soir, en faisant ta prière,
    » A tes pauvres et vieux parents !

Et Jeanne la quitta... Pauvre fille innocente,
De son bonheur tranquille elle ignorait le prix ;
De son humble village elle partit contente
    Sans regretter ses prés fleuris.

Sans regretter ses bois, les fêtes du dimanche
Où l'on danse en riant sur de beaux gazons verts,
Où l'on foule à ses pieds la marguerite blanche
    Dont le printemps les a couverts.

Hélas ! comme languit la fleur dépaysée !
Tu t'étioleras près de nous, pauvre sœur ;
Nos jours sont sans soleil, nos matins sans rosée,
    Nos soirs sans brise et sans fraîcheur !

Oh ! ce n'est pas ici comme à tes champs tranquilles,
Où l'air que l'on respire apaise les douleurs ;
Le vent laisse tomber à la porte des villes
    Les parfums qu'il dérobe aux fleurs.

Ici tout est dégoût, tout est faux et factice ;
Viens corrompre ton âme à notre air corrompu :
La misère d'abord, puis ensuite le vice
    Te désapprendront la vertu.

La voilà domestique... Elle est *femme de peine* ;
Mais son maître... *son maître* a remarqué ses yeux :
On lui fera changer son vêtement de laine
    Contre des habits gracieux.

Le maître en souriant lui frappera la joue,
Et sur une causeuse étendu tout au long
Il la lutinera, tant que sa femme joue
    Du piano dans le salon.

12

Nous ne prétendons pas flétrir toute une caste
Pour flatter bassement les vices indigents ;
La sœur de l'ouvrier peut rester pure et chaste
    Quand elle sert de braves gens.

Certes, nous connaissons quelques riches familles
Dont le chef est par nous justement vénéré,
Qui veilleront sur vous, oui, sur vous pauvres filles,
    Comme sur un dépôt sacré !

Mais le *maître* de Jeanne était un de ces hommes
Que le *Journal du Peuple* appelle vertueux,
Dépensant *noblement* de magnifiques sommes
    En amusements crapuleux.

Comme elle est innocente et comme elle est habile,
Pour employer son temps, s'il en a le désir,
L'*honnête modéré*, d'un triomphe facile
    Pourra se donner le plaisir !

Pauvre Jeanne ! Le vice est loin de ta pensée...
Mais ta place chez lui te sauve de la faim :
Livre-lui ta vertu, car tu serais chassée
    Et tu te trouverais sans pain !

Et puis, que devenir, seule et loin de tes proches...
Qui te dira la route où marche la bonté,
Dans cette ville immense où toutes les débauches
    Sont à l'affût de la beauté ?

Vends-toi, fille du peuple ! Il faut bien que tu manges !
Pour un morceau de pain livre ton seul trésor :
Le ciel prend en pitié les pauvres petits anges
    Quand ils tachent leurs ailes d'or !

Jésus-Christ pardonnait à la Samaritaine...
La prière et la foi sont sœurs du repentir...
La honte s'effaça du front de Madeleine
    Sous les baisers du Dieu martyr ! ! !

Mais toi, le repentir touchera-t-il ton âme !
Aux douleurs d'ici-bas, quand tu diras adieu,
Sans consolations tu mourras, pauvre femme,
    En blasphémant le nom de Dieu !

Par son *maître* un matin Jeanne sera chassée ;
On ne conserve pas le lis qu'on a flétri.
A cet homme d'*honneur* il vint dans la pensée
    De redevenir bon mari.

Jeanne est sacrifiée à la paix du ménage ;
Pour l'*époux vertueux* ses pleurs sont superflus :
Au foyer domestique il redoute l'orage....
    Pauvre Jeanne, il ne t'aime plus !..

Et Jeanne se trouva sans place et sans famille...
Avec sa faible épargne elle vécut d'abord ;
Au bout de quelques jours la pauvre jeune fille
    Épuisa son léger trésor...

Elle pria, pleura... mais prières et larmes,
A ceux qui n'en ont pas ne donnent pas de pain :
Malgré son désespoir, ses douleurs, ses alarmes,
    Il fallut céder à la faim !..

Se vendre pour manger ! mais mon Dieu, c'est horrible !
Votre sainte bonté n'a pas voulu cela...
Vous voulez qu'à nos sœurs la vertu soit possible,
    Seigneur !.. Et pourtant Jeanne est là !

Jeanne est là ! Devant nous, l'impudeur sur la joue,
Promenant sa misère et son impureté,
Bravant notre mépris et traînant dans la boue
    Les lambeaux de sa chasteté !

Oh ! non, ce n'est pas Dieu qui veut qu'on avilisse
Nos mères et nos sœurs pour quelques vils écus ;
Nous savons que là-haut habitent la justice,
    Et l'espérance, et les vertus !

En bas l'humanité se trouve mal à l'aise ;
Pourtant Dieu, dans nos cœurs, mit le besoin d'aimer,
La société seule est injuste et mauvaise ;
    C'est à nous à la réformer !

Un jour, à l'hôpital, une religieuse
Priait près d'un cadavre en répandant des pleurs,
Une lampe jetait une clarté douteuse
    Sur cette scène de douleurs !

A la sœur qui priait j'adressai la parole...
Et l'ange de bonté me répondit tout bas :
« Elle a beaucoup souffert... c'est une vierge folle
    » Morte d'un mal qu'on ne dit pas ! »

....

On nous a reproché d'outrager la morale.
A ceux qui nous ont dit que nous *calomnions*,
Aux Vincents du *Courrier*, s'ils veulent du scandale,
    Nous pourrons citer quelques noms....

O pauvres sœurs ! pardon, si parfois notre plume
De vos nobles instincts froisse la pureté ;
Le cri de notre cœur imprégné d'amertume
    Est le cri de la vérité !..

Hélas ! la vérité, l'on nous l'impute à crime ;
Un impudent tartufe, un jésuite jaloux
Ne nous pardonne pas de signaler l'abîme
    Où tombent beaucoup d'entre vous !

Notre caste maudite et long-temps repoussée
Relève enfin la tête... Elle connaît son prix...
Au Basile éhonté, tronquant notre pensée,
    Nous répondons par le mépris !

Mentir !... pour un dévot c'est infâme !.. et c'est lâche
De signer comme sien l'écrit qu'on a calqué.
Le sacristain Vincent, sous sa soutane cache
    Le cœur d'un moine défroqué ! ! !

NÉMÉSIS GIRONDINES.

XIV.

LE SOCIALISME DES TRAVAILLEURS.

Vous à qui tout sourit, opulents d'ici-bas,
Des tourments de la faim vous qui ne souffrez pas,
Sybarites repus qui niez la misère,
Vous qui n'apercevez que les fleurs de la terre,
Et qui ne savez pas qu'aux ronces des chemins
L'indigent voyageur se déchire les mains,
Sans pouvoir arriver au but qu'il veut atteindre,
Vous qui ne le voyez ni souffrir ni se plaindre...

Vous qui ne savez pas qu'à vos côtés, le soir,
La misère en hurlant se tord de désespoir ;
Vous pour qui tout est bien, vous dont le cœur de glace
Avec des sacs d'écus se fait une cuirasse ;
Vous dont les rêves d'or prolongent le sommeil,
Et que tous les plaisirs attendent au réveil,
Némésis aujourd'hui, sans fiel et sans colère,
Va se faire l'écho de la voix populaire.
Puisse-t-elle en parlant avec la vérité,
Jeter dans votre cœur un grain d'humanité :
Et que l'esprit de Dieu fructifiant le germe,
Vienne développer les vertus qu'il renferme ;
Pour qu'avec le malheur vous partagiez un jour
Votre moisson de foi, d'espérance et d'amour !
Vos frères devant Dieu, courbés par la souffrance,
Comme un nouveau Messie attendent l'*assistance*.
Par la main du besoin à la glèbe attaché,
Du pauvre travailleur le cœur est desséché ;
Et l'esclave brisé par le poids de sa chaîne,
A ses maîtres ingrats jette un regard de haine.
De la haine ! et pourtant notre père éternel
Nous donna les instincts de l'amour fraternel...
A secourir le pauvre, à sécher quelques larmes,
La richesse ici-bas doit trouver tant de charmes !
Vous qui vous honorez du titre de chrétien,
Aimez-vous ! aimez-vous ?... Aimer fait tant de bien !
Viens, Némésis, la foi te prêtant assistance,
Peut à ta faible voix donner de l'éloquence ;
Tente encor un effort... tes accents convaincus
Iront peut-être au cœur des possesseurs d'écus ;

Puisses-tu de leur arme arrachant l'égoïsme,
Leur faire partager ton doux socialisme !
Riche, gardez votre or et gardez votre bien,
De ce que vous avez nous ne demandons rien...
Le brave travailleur, l'homme d'intelligence
Regarde avec mépris votre oisive opulence ;
Mieux que quelques écus le travail ennoblit,
Presque autant que le vol la paresse avilit ;
L'homme valide et fort qui demande l'aumône,
Vole à l'homme perclus l'obole qu'on lui donne ;
Qui, pour tendre la main, déserte l'atelier,
Déshonore le titre et le nom d'ouvrier !
Le goût de la paresse endurcit dans le vice ;
Comme on flétrit le vol il faut qu'on la flétrisse :
Il faut qu'on puisse lire à l'infâmant poteau,
Le nom des paresseux cloués par le bourreau !

Mais qu'a-t-on fait pour ceux à qui le travail manque ?
A nous qui n'avons pas de *titres* à la banque,
A nous qui pour trésor n'avons que de bons bras,
Quels que soient nos besoins on ne prêtera pas.
On vient bien au secours des grands propriétaires ;
Mais qui donc penserait aux pauvres prolétaires ?
Ils seront repoussés par les banquiers prudents ;
Nos bras sont à leurs yeux de tristes répondants :
Mais la misère vient, mais les besoins arrivent ;
Il faut que nos enfants et notre femme vivent.
Ah ! fou de désespoir dans son triste réduit,
L'ouvrier bien souvent passe une horrible nuit ;

Mais il pleure au désert, il se plaint dans le vide ,
Pour dernière ressource il n'a que le suicide !...
Et pourtant à ses pieds, une sainte à genoux
Lui prodigue les soins et les noms les plus doux ,
Et leur fils ignorant de leur misère horrible ,
Au bruit de leurs sanglots dort d'un sommeil paisible...
Mais quand avec le jour il se réveillera,
Il aura faim ! bien faim !!.. oh ! qui donc donnera
A ce pauvre ouvrier, à cette pauvre mère,
Du pain pour leur enfant ?.. oh ! misère ! misère !
Mais il veut travailler, cet homme, entendez-vous ?
Il est bon ouvrier, bon père, bon époux ;
Et si de votre *aumône* il repousse l'offrande,
C'est que ses bras sont forts et que son âme est grande ?
Il crie à vos genoux : du travail ! du travail !
Et vous le repoussez comme un épouvantail...
Pourtant, que voulez-vous qu'il demande et qu'il fasse ?
Il vous laisse votre or, vos palais, votre place..
Mais sa femme, mais lui, mais ses enfants ont faim ;
Il veut par son travail pouvoir gagner son pain !...
Que les Denis Benoit, de la chambre élective ,
Daignent lui dire au moins comment il faut qu'il vive ,
Quand faute de travail, sans argent, sans crédit ,
Votre société repousse le maudit.
Prolixes orateurs, grand diseurs d'hyperboles ,
Enseignez donc au peuple à vivre de paroles !...
Puisque vous lui niez le droit de travailler
Dans vos discours menteurs, frappez-le sans railler.
Ne venez pas, cruels, armés par l'ironie ,
Insulter aux tourments de sa lente agonie :

Et lorsque sous vos yeux vous le voyez mourir,
Oh! ne lui dites pas: DIEU T'A FAIT POUR SOUFFRIR!
Non, le Dieu de bonté, non le Dieu de clémence,
Pour les travailleurs seul n'a pas fait la souffrance.
Le Dieu juste et puissant, le Dieu de vérité
N'attacha pas son nom à cette iniquité.
Le soleil qu'il a fait pour féconder la terre,
Eclaire l'opulence ainsi que la misère.
Nous sommes comme vous formés d'os et de chair:
Egaux devant la mort, nous vivons de votre air!...
Ce n'est pas à votre or que nous portons envie;
Mais pour nous, ouvrier, le travail c'est la vie...
La vie, entendez-vous, vous n'avez pas le droit
De nous laisser mourir, Monsieur Denis Benoit;
Ce n'est pas un sermon qu'il faut nous faire entendre!
Le pauvre travailleur n'a pas le temps d'attendre!
Il pleure, il souffre, il meurt, il faut le soulager:
Ce n'est pas un discours qui lui donne à manger.
Puisque ses bras sont forts et qu'il a du courage,
S'il a le droit de vivre il a droit à l'ouvrage!
O mon Dieu! ton nom saint est blasphémé par eux;
Non, tu ne veux pas voir tes enfants malheureux...
Chrétiens dégénérés, flétris par les richesses;
A la divinité vous prêtez vos bassesses
Lorsque vous prétendez qu'en nous donnant le jour,
Elle a de notre front retiré son amour.
C'est pour les opprimés et pour le mercenaire,
Qu'elle envoya Jésus mourir sur le Calvaire!

On a calomnié, dénigré l'indigent,
Riches, quand on a dit qu'il voulait votre argent,
Les lâches écrivains vous vendant leurs services,
Pour se vendre plus cher inventèrent nos vices.
Quoi! quand nous fléchissons sous le poids du malheur,
On tenterait encor de nous ravir l'honneur.
Des journaux mal famés, dans leur aveugle rage,
Osent nous accuser de vouloir le pillage.
Aux jours de Février, les braves travailleurs,
Sans pitié ni merci fusillaient les voleurs?
L'honneur des ouvriers est la vertu commune :
La probité du peuple est sa seule fortune :
Il nous faut démasquer, il nous faut souffleter
Les calomniateurs qui voudraient nous l'ôter,
Pour cracher du mépris à leur face blafarde.
Vous verrez Némésis marcher à l'avant-garde,
A ces vils écrivains, déshonneur d'un parti,
Vous l'entendrez crier : vous en avez menti !!...

Et que nous font à nous les faiseurs d'utopies...
Lorsque nous combattons vos doctrines impies :
Nous ne prétendons pas bouleverser le sol,
Ni changer en vertus le carnage et le vol.
A l'appel d'un rêveur le peuple est insensible ;
Mais il veut le progrès, mais il veut le possible :
Il ne souffrira pas qu'un pouvoir insensé
Vienne recommencer les crimes du passé.
Tout haut placés qu'ils sont, il siffle les eunuques
Prétendant gouverner avec des lois caduques

Le prestige d'un nom n'est plus rien aujourd'hui ;
Le peuple veut enfin qu'on s'occupe de lui ;
Vainement vos journaux l'appellent anarchiste,
La misère et la faim l'ont fait socialiste ?
Mais son socialisme est imprégné d'amour ;
Alors que du passé vous rêvez le retour,
Lui, plus noble et plus grand, oubliant ses misères,
Veut que dans l'avenir tous les hommes soient frères !
Il vous laisse votre or, mais donnez-lui du pain,
Que le travail le mette à l'abri de la faim ;
Qu'il puisse sous ses yeux élever sa famille
Et baiser sans rougir le front pur de sa fille.
Du travail ! du travail ! est-ce trop demander
Pour que vous ne puissiez enfin nous l'accorder ?
Mais quand vers vous s'avance une main indigente,
Vous ne refusez pas une aumône abondante... .
Votre philanthropie accorde à l'ouvrier
Un droit avilissant, le droit de mendier :
Car l'aumône n'élève et n'honore personne,
Celui qui la reçoit ni celui qui la donne ;
Et quand nous demandons pour unique bonheur,
A l'aide du travail de vivre avec honneur,
Sans pitié pour les maux de la classe ouvrière .
Vous repoussez du pied son ardente prière !

Je vous le dis : repus, les temps arriveront
Où sans tendre la main les ouvriers vivront :
Où de nouvelles lois extirpant la misère
Rendront par le travail le bonheur à la terre ;

Où nous ne verrons plus voler aux ateliers.

Pour les faires soldats, d'habiles ouvriers,

Afin de nous montrer, victime d'un caprice,

Notre armée au saint-père offerte en sacrifice?

Où nous pourrons enfin, près de nos chastes sœurs

Du foyer paternel savourer les douceurs;

Où nous pourrons, cédant à l'istinct de notre âme,

Au gré de notre cœur nous choisir une femme,

Sans autre capital que deux robustes bras

Certains que le travail ne leur manquera pas,

Où nous verrons nos fils, orgueil de notre épouse,

Avoir pour vêtement une modeste blouse;

Où nous contemplerons, exemptes de chagrins,

Nos filles fredonner quelques joyeux refrains,

Et notre ménagère étaler le dimanche

Sur le lit en noyer notre chemise blanche.

En famille l'été nous irons promener

Et sur l'herbe des prés manger notre dîner...

Et le sourire au front, le cœur plein de courage,

Chaque lundi matin retourner à l'ouvrage...

L'hiver, lorsque dehors la bise soufflera,

Groupé près d'un bon feu qui nous réchauffera,

A nos petits enfants d'une voix tremblottante,

Bonne maman dira quelque histoire touchante;

Et chaque soir avant que de nous dire : adieu.

De tout notre bonheur nous remercîrons Dieu.

Et bien ! riches, voilà notre socialisme:

Pour qu'il soit repoussé par votre rigorisme

Qu'a-t-il donc d'effrayant?...que voulons-nous brûler?

Que voulons-nous flétrir? que voulons-nous voler?

Nous voulons élever, au nom de la justice,
Pour le bonheur du peuple un modeste édifice !
Nous ne vous demandons pour l'ouvrier vaillant,
Que le droit naturel de vivre en travaillant !

Mais l'or pétrifia le cœur de quelques hommes,
Leur inhabileté renversa trois royaumes ;
Ils ne veulent pas voir que des vieux monuments,
Le temps qui détruit tout sapa les fondements.
Ils pensent avec l'or, l'intrigue et l'injustice,
Etayer du passé le tremblant édifice ;
Mais quand sur leurs étais le peuple soufflera,
L'édifice en tombant les ensevelira !

—◇—◇—

NÉMÉSIS GIRONDINES.

— —

IX.

LE CHOLÉRA.

Il est là le fléau, terrible, inexorable ;
Promenant parmi nous sa colère implacable,
A la mort qui le suit il indique en passant
Ceux qu'elle doit courber sous son niveau puissant.
Ni pitié, ni merci, l'indigent, la richesse ,
La beauté, la vertu, le vieillard , la jeunesse ,
Il ne respecte rien . . .; et le faible et le fort
Deviennent à sa voix égaux devant la mort.

13

Ainsi quand le torrent augmenté par l'orage
A travers les vallons s'ouvre un large passage,
Il roule, réunis dans le même destin,
Le chêne centenaire et la fleur du matin!
Des colères du ciel alors que l'heure arrive,
La main qui détruisit Babylonne et Ninive;
A la voix du seigneur redoublera ses coups,
Et viendra flageller notre orgueil à genoux.
Ce n'est qu'en entendant la voix de la tempête
Que, débiles roseaux, nous courbons notre tête.
Quand aux plaisirs du monde il nous faut dire : adieu
Ce n'est que pour mourir que nous pensons à Dieu!
Eh bien! la mort est là ... non pas la mort tranquille,
Qu'en nous parlant du ciel, un prêtre rend facile,
Ou dans les bras des siens doucement on s'endort...
Non, mais la mort terrible où la douleur vous tord;
Où le cœur torturé, broyé par la souffrance,
Sourd à la voix du ciel, reste sans espérance.
La mort où l'on blasphème... où les soins carressants
D'une femme et d'un fils deviennent impuissants;
Où l'on voit le démon sourire dans l'alcôve;
Où l'on pousse des cris comme une bête fauve :
Où l'on tremble de froid quand la tête est en feu;
Où les bras sont tordus, où le corps devient bleu;
Où les muscles raidis par une horrible lutte
Perdent de leur vigeur de minute en minute;
Où contre le fléau qui rit de son tourment,
Le hideux moribond se débat vainement.
Il souffre les douleurs d'une atroce agonie,
Puis il meurt en râlant une plainte inouïe!

Oui, le fléau nous frappe ; il sévit parmi nous.
Eh bien ! qu'avons-nous fait pour conjurer ses coups ?
Nos yeux étaient-ils donc recouverts de ténèbres,
Que nous n'avons pas vu tous ces convois funèbres
Traverser à pas lents notre grande cité,
Salués gravement par le peuple attristé ?
On a bien murmuré quelque ardente prière,
Alors que de leurs morts peuplant le cimetière,
Les pauvres décimés par la main du fléau,
Pêle-mêle tombaient dans un commun tombeau ?
Mais qu'a-t-on fait pour ceux que la misère tue ?
A son dernier degré la voilà parvenue ;
Qu'a-t-on fait ? Rien, hélas ! alors que des secours
De tant de malheureux pouvaient sauver les jours,
On n'a su que leur dire : « Evitez toute peine,
» Mangez à vos repas un peu de viande saine.
» Ranimez votre corps par un vin généreux,
» N'ayez à vos desserts que des fruits savoureux.
» Des refroidissements évitez le malaise,
» En couvrant votre corps d'une flanelle anglaise,
» D'un pénible travail évitez la rigueur :
» Une longue fatigue énerve la vigueur.
» Ou labeur ou plaisir, tout excès est nuisible,
» Prolongez le matin votre sommeil paisible. »
Enfin, et pour qu'en eux le calme soit complet,
Par un saint mandement l'archevêque permet,
En langage pompeux (dérision amère),
Quand le pain journalier faillit à leur misère,
Il permet, ignorant de leurs chétifs repas,
Que toute la semaine ils puissent faire *gras*.

Vous le voyez pour eux, la prévoyance est grande...
Mais ils manquent de tout ; ils n'ont ni pain ni viande,
Ils font *maigre* toujours, toujours, les malheureux !
Les bons vins, les bons mets ne sont pas faits pour eux.
Les pauvres ont toujours la même destinée :
Quand ils ont accompli leur pénible journée,
Ils trouvent au logis un morceau de pain sec,
Une soupe sans viande, une sardine avec ;
Le vin bleu du débit à l'état de vinaigre...
Monseigneur, tout les jours les ouvriers font maigre,
Et votre mandement, malgié son but chrétien,
A leur sort malheureux ne pourra changer rien.
Pour calmer leurs douleurs et pour finir leurs plaintes,
Il faudrait plus encor que des paroles saintes :
De ceux que le *chômage* a trop longtemps frappés,
Il faudrait employer les bras inoccupés,
Et qu'aux produits du sol nos généreux édiles
Ouvrissent sans tarder la porte de nos villes.
De la *viande* et du *vin* diminuer les droits,
Nous donner du travail, *supprimer les octrois*.
Croyez-le, monseigneur, mieux que votre prière,
Cela viendra en aide à la classe ouvrière !
Mais, voulant nous sauver pour la vie à venir,
Et trop préoccupé de prier et bénir,
Vous n'avez pas songé qu'avant de nous permettre,
Au nom du Dieu d'amour, notre souverain maître,
De boire chaque jour d'excellent bouillon gras,
Nous n'avions pas de pain pour faire nos repas.
Vous vivez dans le ciel, nous vivons sur la terre :
Puisque le choléra s'attache à la misère.

La misère est le mal qu'il vous fallait penser...
Et voyez, monseigneur, nous aurions pu penser
Si nous ne connaissions la bonté de votre âme,
Que votre mandement était une épigramme !

Le choléra sévit, on nous le dit du moins,
On peut de ses rigueurs trouver mille témoins ;
Et n'importe le nom que le peuple lui donne,
Aujourd'hui parmi nous il moissonne, il moissonne !
Que de femmes en pleurs, que d'épouses en deuil,
Que d'amis désolés escortent un cercueil !
Que d'enfants orphelins, que de douleurs poignantes,
Que de mères pleurant sur des fosses béantes !...
Oh ! soyez-en bien sûrs, plus encor que le mal,
La misère et la faim ont peuplé l'hôpital !...
. . . .
. . . .
. . . .
. . . .

Riches, vous le voyez ! Enfants du même père,
Pour tous également sa justice est sévère...
Dieu nous a fait un cœur pour aimer... Comme à vous ;
Il vous a fait mortels et faibles comme nous.
Frères par le Seigneur soyons frères par l'âme...
Délicieux rayon d'une céleste flamme,
Viens éclairer nos cœurs, sublime charité,
Pure et divine sœur de la fraternité !
En face de la mort qui va venir peut-être,
Frapper du même coup le valet et le maître ;

À moins que le valet pourtant ne reste seul
Pour vous envelopper du funèbre linceul...
En face de la mort qui moissonne, moissonne,
A la hauteur d'un droit faites grandir l'aumône :
Oh ! venez, car les soins que l'on donne au malheur,
Contre le choléra doivent porter bonheur.
Oh ! venez, que le pauvre, enfin las de maudire,
Grâce à votre bonté retrouve le sourire.
L'or que vous répandrez en bonnes actions
Retombera sur vous en bénédictions ;
Et quand vous donnerez, ajoutez à l'obole
Le regard qui caresse et le mot qui console.
Sous la forme d'un droit déguisez votre don,
Pour que le travailleur bénisse votre nom.
Faites la charité si sublime et si bonne,
Qu'il ne rougisse pas de recevoir l'aumône,
Parlez lui de travail.... Avant de le quitter,
Laissez à son orgueil l'espoir de s'acquitter !

Riches faites cela pour que l'on vous bénisse,
Pour que l'on vous respecte et que l'on vous chérisse.
Oh ! oui, faites cela pour le pauvre ouvrier,
Unissez-vous à lui pour aimer et prier.
Vous verrez de son front s'effacer la souffrance,
Et le ciel bénira cette sainte alliance ;
Vous verrez refleurir, grâce à la charité,
Le bonheur, la concorde et la fraternité :
Et le fléau soufflant sur ses torches funèbres
A la voix du Seigneur rentrer dans les ténèbres !

LES CHATEAUX DE LA GIRONDE.

I.

CADILLAC.

Tout passe, tout finit, les châteaux et les hommes ;
Si le souffle du peuple emporte les royaumes,
Sur d'immenses débris s'il reste seul debout
Quand tout tombe et tout meurt, c'est que le peuple est tout.
La misère l'accable, on l'enchaîne, on l'opprime,
La douleur le flétrit, la guerre le décime.
D'esclave on le fait serf, ou manant, ou vilain,
Exploité par le prêtre ou par le châtelain,

Dépouillé par ses rois, oppressé par ses maîtres,
Conquis par un despote ou vendu par des traîtres,
Par un effort sublime échappant à la mort,
Il se relèvera plus vivace et plus fort.
Ainsi que le phénix il renaît de sa cendre...
Quand du ressuscité la voix se fait entendre,
Quand la colère arrive à l'âme du géant,
Ses chétifs oppresseurs rentrent dans le néant !
On dirait qu'aux douleurs d'une lente agonie
Le peuple vient puiser la force et le génie ;
Les siècles sont ses jours, il peut dormir longtemps ;
Le ciel fit de sa vie un éternel printemps.
Dans l'abîme profond où les empires roulent,
Les trônes entassés l'un sur l'autre s'écroulent...
Pour écrire le nom de ses rois au linceul,
Sublime vérité, le peuple reste seul.
Eternelle puissance, incorruptible juge,
Il vit dans le désert, il échappe au déluge.
Qu'il soit juif, musulman, idolâtre ou chrétien,
La main du Tout-Puissant le guide et le soutient !...
On lui forge des fers, un tyran le dépouille :
Ses fers avec le temps sont rongés par la rouille :
Puis, avec leurs débris s'armant contre ses rois,
Une heure lui suffit pour reprendre ses droits.
Maigre, pâle, affamé, recouvert de guenilles,
On le traîne en prison... il use les bastilles !
L'intrigue à l'asservir consacre en vain ses jours :
Elle vit un moment, le peuple vit toujours !!!

Ce n'est plus qu'en fouillant dans les vieilles chroniques
Qu'on retrouve le nom de ces châteaux antiques,
Nids de pierres habités par le puissant vautour,
Eternel oppresseur des peuples d'alentour.
Là main forte du temps a détruit ces repaires
Où d'illustres bandits établissaient leurs aires :
Le peuple maintenant contemple sans effroi
Les débris de la tour où tintait le beffroi.
Alors qu'à son voisin voulant livrer bataille
Le *seigneur* à son aide appelait *la canaille*.
A peine si parfois le voyageur surpris
D'un château féodal rencontre les débris.
On ne retrouve plus, de ces géants de pierre.
Que des membres épars dévorés par le lierre !...
Qu'est devenu ce fort par Bourdeï bâti
Et qu'habita plus tard le sire de Grailly,
De qui le haut donjon, commandant la Garonne,
Semblait à Cadillac former une couronne...
Le grand captal de Buch, l'ami du prince Noir,
Rival de Duguesclin, habita ce manoir.
Il reçut dans ses murs Henri-Trois d'Angleterre...
Charles-Sept et Dunois, ces grands hommes de guerre
Le prirent aux Anglais une deuxième fois...
Et cinquante ans plus tard, la belle Anne de Foix
Passait son pont-levis et quittait sa patrie,
Pour aller épouser Ladislas de Hongrie...
La Hongrie et la France étaient déjà deux sœurs...
Celle qui loin de nous tombe sans défenseurs :
Celle qui nous prenait nos nobles suzeraines
Pour poser sur leur front le bandeau de ses reines

Nous la laissons mourir !... Oh ! qu'a-t-elle donc fait ?
Il faut de notre sœur nous dire le forfait !...
Dites-nous les vertus des rois qui l'assassinent,
Avant que devant eux nos têtes ne s'inclinent.
Qu'a-t-elle fait ? Elle a, dans un sublime élan,
Trouvé que le progrès marchait d'un pas trop lent ;
Elle a, glaçant d'effroi l'Europe monarchique,
Sur ses mâles vertus greffé la République !
Au bruit qu'elle faisait en dérivant ses fers,
Elle avait espéré réveiller l'univers.
L'univers resta sourd... Et la France, la France,
La terre du courage et de l'indépendance,
Sourde aussi ! Sourde, hélas ! quand sa sœur l'appelait,
Quand elle allait mourir, lorsque son sang coulait !
Sourde ! sourde toujours, et ses cris d'agonie
N'ont pu dans notre cœur ramener l'énergie !
Oh ! pardon, pauvre sœur, pardon, ce n'est pas nous,
Nous qui sur ton cercueil sanglotons à genoux,
Qui t'avons repoussée au jour de tes alarmes...
Pour t'aller secourir nous demandions des armes !
Nous voulions te sauver... nous partagions ta foi...
Nos prières ont dû parvenir jusqu'à toi.
Un écho fraternel courant de plage en plage
T'apporta notre voix qui te criait : courage !
Ce n'était pas assez... Des cris... rien que des cris !
Sœur, combien nous devons t'inspirer de mépris !

Charles-neuf, le maudit, le fervent catholique,
Vint passer une nuit dans le castel antique ;

Il n'avait pas encor, le bourreau sans pitié,
De ses *sujets féaux* égorgé la moitié...
Mais peut-être déjà, dans le sein de sa mère
Il épanchait les flots de sa fureur amère ;
Et le tigre royal, par le sang alléché,
Sur un lit de velours nonchalamment couché...
Au cœur de Médicis demandant de la rage
Souriait avec elle en parlant de carnage ! ·

Henri-Trois, roi de France, en dota d'Epernon.
Du *vertueux* monarque il était le mignon...
En ces temps corrompus il se trouvait des nobles
Supportant sans rougir des caresses ignobles ;
Des nobles spéculant sur d'infâmes désirs,
Et des rois pour payer ces dégoûtans plaisirs.
Sous ce duc d'Epernon le vieux château s'efface :
Et la mine bientôt de cette énorme masse,
Secondant à l'envi les efforts du marteau,
Fait de cette bastille un immense plateau...
Et voilà qu'aussitôt ainsi que dans un rêve,
Un nouveau monument à sa place s'élève ;
L'art s'épure et grandit... Un château gracieux
Devenu maintenant un joyau précieux,
Du goût et du talent datant la renaissance,
D'un chef-d'œuvre de plus vient de doter la France ;
Là vous retrouverez des œuvres de Goujon
Et de Jean de Boulogne unis à Girardon.
Des sculptures de pierre aux formes angéliques,
Et des bas-reliefs, miracles artistiques...

A ses plafonds ornés d'admirables décors
L'école florentine épuisa ses trésors !

Louis-Treize, ce roi de sinistre mémoire,
Maudit de ses sujets et flétri par l'histoire,
Habita ce château... Puis vint ce potentat,
Ce roi qui se plaçait au-dessus de l'État.
Louis le quatorzième, orgueilleuse figure
Erigeant en vertu la royale luxure,

Et devenu plus tard, grâce à la Maintenon,
Indigne de sa race, indigne de son nom.
Jeune il livra son âme à des plaisirs infâmes ;
De ceux qui l'entouraient il débauchait les femmes,
Et vieux il employa ses royaux passe-temps
A faire massacrer ses sujets protestants !
Imbécile valet des prêtres catholiques,
On surnomma *le Grand* ce tueur d'hérétiques !

Richelieu, dont l'histoire à conservé le nom,
Vint loger une nuit au château d'Epernon...
Le fourbe Mazarin, ce cardinal-ministre,
Cet italien rapace, à la face sinistre,
Vint aussi l'habiter...

                    Puis vint quatre-vingt-neuf,
Et de ses possesseurs un jour il resta veuf.
Les fidèles des rois dans leur impatience
Furent à l'étranger servir contre la France !

Ce château, si long-temps par les grands habité,
Du peuple tout entier devint la propriété...
Place au peuple ! voilà qu'il quitte ses mansardes
Et qu'il se fait un club de la salle des gardes ;
Des hommes du *commun* osent lever la voix
Pour flétrir la *noblesse* et maudire les rois.
Place... Dans le château que la foule circule....
Les blasons sont détruits, les titres, on les brûle.
Ecoutez, écoutez ! C'est un cultivateur
Que l'amour du pays transforme en orateur.
Au mensonge officiel d'une bouche royale
Il a substitué sa parole loyale.
Il parle de la France et de la liberté ;
A ceux que l'on trompait il dit la vérité.
Et les *Cadillacais* dans un cri sympathique
Acclament avec lui la jeune République !

Napoléon rendit au comte de Preissac
Cet élégant château, l'orgueil de Cadillac...
Par ennui, par dégoût ou par besoin peut-être,
Il fut huit ans plus tard revendu par son maître.
Aujourd'hui, ce château qui jeta tant d'éclat,
Sert au gouvernement comme prison d'état !
O vanités du monde ! ô splendeurs de la terre !
Comme votre durée est parfois éphémère.
Vous vivez moins encor que la fleur du matin,
Ou que le feu-follet qui brille et qui s'éteint...
Des puissants d'autrefois la joyeuse demeure.
Se transforme en prison, où l'on souffre, où l'on pleure

Richesses et grandeurs, puissance et royauté
Vous n'êtes qu'un éclair devant l'éternité !
Où dormirent des rois, où vécut une reine,
Bourrelé de rémords le crime se promène.
Dans la salle où jadis un galant troubadour
A la dame du lieu chantait un lai d'amour,
Peut-être qu'à présent une bouche insensible
Murmure en grimaçant un blasphème terrible !...
Sire de Bourdeï, lève-toi de la mort,
Il ne reste plus rien de ton vieux château-fort,
Regarde... et que ta bouche, aux voûtes infernales,
Redise le néant des grandeurs féodales.
Sous les coups du marteau d'un débile mignon
S'écroule avec fracas ton solide donjon.
Tu le vois, dans ce monde où tout finit et passe,
Comme le nom d'un homme, un monument s'efface.
Le vieux château gothique a perdu son blason,
Et le château moderne est devenu prison !!!
Cet asile autrefois égayé par les fêtes,
Embelli par les arts, chanté par les poètes,
Habité par des rois, embaumé par les fleurs,
Est l'asile aujourd'hui de toutes les douleurs,
A ses murs désolés que de pauvres familles
Redemandent leurs sœurs, leurs mères ou leurs filles,
Car la justice humaine est ardente à punir
Des crimes qu'aisément elle eût pu prévenir...
De *peupler* les prisons, le peuple qu'on protége
N'a-t-il pas jusqu'ici le triste privilége ?...
C'est qu'il est sans travail, c'est qu'il a soif et faim,
Et qu'il est défendu de mendier son pain.

C'est que pour moins souffrir, la pauvreté timide
N'a plus qu'à faire un choix : le vol ou le suicide ! !
Pourquoi de ce château, funèbre épouvantail,
Ne pas faire plutôt l'asile du travail ?
Pourquoi ne pas jeter dans le cœur de l'enfance,
Pour produire le bien, le grain de la science ?
Hélas ! pour l'ignorance et pour la pauvreté,
Vous avez fait du crime une nécessité !
Croyez-vous, *satisfaits*, qu'on vole pour mal faire,
Ou qu'à de certains cœurs le mal soit nécessaire ?
Non, vous blasphémeriez... Car l'Éternel, dit-on,
Nous fit à son image, et l'Éternel est bon...
Celui qu'au Golgotha l'on couronna d'épines,
Illumina notre âme à ses vertus divines ;
Et s'il était permis de penser autrement,
Dieu serait un mensonge et la vie un tourment...
Du travail à ses bras forts et pleins de puissance
Du savoir à l'esprit que fausse l'ignorance !
Du travail ! du travail ! pour que nos pauvres sœurs
De la maternité savourant les douceurs,
Pour le sort de leur fils n'éprouvant plus d'alarmes,
Ne les nourrissent pas d'un pain trempé de larmes.
Venez, de la science allumant le flambeau,
Développer en nous le sentiment du beau...
Qu'on donne du travail à l'ouvrier qui chôme ;
La faim peut en voleur changer un honnête homme ;
Que l'on apprenne à lire au fils du travailleur,
Si le travail nourrit, le travail rend meilleur...
On solde des mouchards, on conserve une armée
Pour étouffer les cris de la foule affamée....

Pour rétablir le Pape on trouve de l'argent....
Et l'on ne fait rien, rien, pour le peuple indigent...
Eh ! quoi pour soulager la misère publique,
Vous dites que l'argent manque à la République ;
Que le trésor s'épuise... On trouve cependant
Cent mille francs par mois pour notre président !
Nous nous plaignons en vain, l'on n'a rien fait encore
Pour le cultivateur que l'usure dévore.
Au peuple qui se plaint, hélas ! avec raison,
Pour remède à son mal vous donnez la prison...
De pauvres ouvriers vous peuplerez le bagne...
Mais vous ferez à Rome une sainte campagne :
Vous réduirez la France à la mendicité :
Mais nos soldats iront tuer la liberté !!

. . . .

Insensés ! croyez-vous qu'avec le nom d'un homme,
Aidés par la misère, on restaure un royaume.
Qu'un fantôme coiffé du chapeau d'Austerlitz,
Pourra ressusciter le vieux drapeau des lis ?
A vos desseins pervers contre la République
Le peuple opposera son courage héroïque :
Et pour l'emprisonner, vous pourrez cette fois
Prendre tous les châteaux des mignons de vos rois.
Vous espérez en vain à force d'artifice,
Relever du passé le royal édifice.
Avant de le tenter, crétins, rappelez-vous
Qu'il est à Cadillac une maison de fous !

NÉMÉSIS GIRONDINES.

XVIII.

L'ÉLECTION.

Debout républicains, reformons notre ligue ;
Ne soyons pas toujours les vaincus de l'intrigue.
Les *repus* font en vain d'égoïstes efforts :
Le mensonge un moment les rendit les plus forts ;
Mais ils succomberont ; car il arrive une heure
Où la vérité brille, où le mensonge pleure,
Non pas de repentir, mais de honte et d'effroi...
Peuple, la République un matin te fit roi ;

Et roi, tu fus trompé... c'est l'histoire des maîtres.
Guidé par des flatteurs, entouré par des traîtres,
Tu te trompas de route, et dans ta loyauté
Tu laissas exploiter ta sainte royauté !
La ruse et le mensonge, et l'intrigue, et les vices,
Commirent en ton nom de grandes injustices;
Mais tu connais le cœur de ceux qui t'ont trompé,
Viens reprendre à leurs mains ton pouvoir usurpé.
Sois sans pitié pour eux ; arrache avec courage,
Le masque de vertu qui cache leur visage...
Il te faut, peuple-roi, de tes riches palais
Chasser honteusement ces impudents valets....
Ils sont gras de ton or, ces crétins politiques ;
Domestiques des *rois*, ils sont tes domestiques.
Car qu'importe le maître à ces cœurs convaincus?
Donne-leur des honneurs, donne-leur des écus ;
Fais pour les enrichir d'incessants sacrifices...
La misère du peuple est le pain de leurs vices !
Laisse-les te ruiner, pauvre *Georges Dandin*,
Pour toutes tes douleurs ils n'ont que du dédain.
Le peuple n'est pour eux qu'une sotte canaille
Que l'on met en avant le jour d'une bataille.
A défaut du canon ou du fer étranger,
Par des soldats français on le fait égorger !
Aux pauvres affamés on ne fait point de grâce,
On les jette aux pontons, on les déporte en masse.
» Frappons-les ! s'écriait un honnête écrivain :
» La faux tranche à la fois l'ivraie et le bon grain.
» Au lieu de les juger, il faut qu'on les supprime.
» Tuons du même coup la misère et le crime !! »

Messieurs les modérés sont de bien braves gens,
Soyez-en convaincus, *citoyens* indigents.
Granier de Cassagnac, le héros de la bande,
Possède, je vous jure, une vertu bien grande ;
De *l'ordre* menacé ce sublime vengeur,
Las d'être *faux témoin* veut se faire *égorgeur*,
Oubliant, dans l'ardeur où sa *vertu* le plonge,
Qu'il fut par le jury convaincu de mensonge,
Qu'au nom de la morale et de la vérité,
Il fut pour la justice en public souffleté !
Elles ne pouvaient pas, les phalanges royales,
Confier leur bannière à des mains plus loyales.
Électeurs, c'est à vous de devenir prudents,
Par le porte-drapeau jugez des commandants !

Représenter le peuple est un mandat sublime,
Il faut pour l'accomplir une âme magnanime,
Un cœur que les écus n'aient pas pétrifié,
Et que la foi nouvelle aura purifié.
Il faut un homme, enfin, dont la vertu sévère,
Aux abus du passé fasse une rude guerre ;
Que n'a pas dégradé l'ignoble appât du gain,
Et qui des travailleurs n'a pas volé le pain !
Fossiles bateleurs, accapareurs de places,
Nous sommes fatigués de vos tours de paillasses ;
Charlatans, l'empirisme était votre recours ;
Mais parmi le public vos drogues n'ont plus cours.
Médecins décrépits, vos vieilles ordonnances
N'ont pas eu le pouvoir de calmer nos souffrances.

Ignorants, sous vos yeux vous nous voyez souffrir,
Et vous niez le mal au lieu de le guérir,
Arrière ! le malade a perdu patience ;
Vous l'aviez ébloui par vos airs de science,
Praticiens radoteurs, l'âge vous rendit fous :
Il se fera guérir par d'autres que par vous.
Il est édifié sur vos soins hypocrites,
Vous lui fites payer assez cher vos visites ;
Car pour vous enrichir, sans pitié pour ses pleurs,
Vous avez exploité jusques à ses douleurs !

. . . .

Électeurs ! deux partis se trouvent en présence :
L'un veut la dignité, la grandeur de la France.
Il avait combattu les fautes du passé ;
Il croit qu'en février le peuple a prononcé...
C'est qu'il connaît le peuple... et qu'en cinquante années,
Il le vit exiler trois têtes couronnées !
C'est qu'il sait ses douleurs, c'est qu'il a vu trois fois
Les armes à la main revendiquer ses droits.
C'est que de l'avenir il médita le livre,
Et qu'il sait qu'ici-bas tous ont le droit de vivre.
C'est qu'à l'homme opulent, comme à la pauvreté,
Il prêche la concorde et la fraternité.
Avec la paix, l'amour, l'ordre et la République,
Il veut réaliser le progrès pacifique !

. . . .

L'autre battait des mains, lorsque notre pays
Abaissa son drapeau devant les ennemis.
Et, quelques-uns d'entre eux, fiers de lui faire outrage,
Dans les rangs des Prussiens étalaient leur courage.
Insolent, détracteurs des civiques vertus,
Leur temple, c'est la bourse, et leur Dieu les écus :
Impudiques marchands, tromper est leur mérite ;
Ils ont pour s'enrichir inventé la faillite...
Des trésors des budgets, *rapaces partageux*,
Les charges sont pour nous, les profits sont pour eux !
Pour opprimer le peuple ils gardent une armée,
Et le canon répond à la foule affamée,
Alors qu'elle se plaint... ces grands hommes d'État,
Changent en argument la balle du soldat.
Eunuques sociaux, impuissants à produire,
Sans force pour créer, ils cherchent à détruire.
A leur soif de richesse, à leur servilité,
A leur haine du peuple il faut la royauté...
Ceux-là veulent Chambord et ceux-ci la régence ;
D'autres Napoléon ! tous veulent la puissance.
Voilà trois prétendants, trois drapeaux, trois partis,
Qui veulent à la fois gouverner le pays.
Ils font pour triompher des efforts inutiles ;
Ils empruntent leur force aux discordes civiles ;
Ils traînent sur leurs pas la misère et la faim ;
Du père sans travail, de l'ouvrier sans pain,
Ils espèrent lasser le courage civique,
Et par leur désespoir tuer la République !!!
Les hommes du passé, sortis de leurs tombeaux,
De la patrie en pleurs s'arrachent les lambeaux.

Nos droits sont méconnus, nos libertés sont mortes,
Le commerce languit, la guerre est à nos portes ;
Le paupérisme arrive... et dans quelques instants,
Il envahira tout.... Et nos représentants,
Nonchalamment assis sur leurs chaises curules,
Ecoutent en bâillant des discours ridicules ;
Qu'a fait pour nos douleurs le parti modéré ?
Il a pour gouverner pris des gens à son gré :
Après Léon Faucher, c'est Falloux le jésuite,
Passy le financier, Odilon l'hypocrite,
C'est Richier le muet, c'est Hovy le sauteur,
C'est Journu le carliste et Denjoy le menteur.
Qu'ont-ils faits ?... rien ! rien !

                O Bordeaux ! ô Gironde !
Viens réparer ta faute à la face du monde ;
On te croit monarchique, il faut jeter demain
Dans l'urne électorale un nom républicain.
De la réaction qui marche tête haute,
Que le dernier rempart s'écroule sous ton vote.
La République seule est possible aujourd'hui ,
Ne lui refuse pas ton énergique appui.
Que le parti de *l'ordre* et du *fédéralisme*
Recule épouvanté devant notre civisme ;
Qu'il sache que le peuple un moment égaré,
Dans le fond de son cœur garde le feu sacré ;
Que l'étincelle sainte, à ma voix ranimée,
Soit le phare éclatant d'une civique armée... !
Allons, peuple, debout ! à ton tour maintenant :

Que ceux qui t'ont trompé rentrent dans le néant.
Dédaignant du passé les puériles formes ,
Il faut prendre sans peur la route des réformes :
C'est l'impôt des boissons qu'ils veulent rétablir ,
Renvoyons-leur celui qui le fit abolir.
La République attend , la France nous regarde,
Électeurs Girondins, nous nommerons LAGARDE.

NOTES EXPLICATIVES.

—◇--◇—

Ném ésis I, page 29,

>   Hégésippe et Gilbert sont morts à l'hôpital.

Hégésippe Moreau, poète populaire, mourut de misère, ainsi que Gilbert, dans un hopital à Paris. C'est le sort réservé à plus d'un poète. Il faut savoir plier le jarret pour s'enrichir.

> Page 30 :

>   Libre à vous d'arracher un cadavre à la terre

Allusion aux attaques de ce journal contre le père du général Cavaignac.

> Même page :

>   Que de jeter l'insulte au tombeau d'une femme.

Flora Tristan, auteur de l'*Union Ouvrière*, insultée dans les colonnes du *Mémorial*, au sujet de l'érection du monument funèbre qui lui fut élevé par la classe ouvrière.

> Un Nouveau Noble, page 47 :

A l'occasion du titre de *duc*, accordé à M. Pasquier, ex-chancelier de France, sous le ministère Guizot.

> Némésis VI, page 31 :

La Guienne est l'organe du parti légitimiste dans la Gironde.

CINQ CENT MILLE FRANCS , page 59:

Au sujet de la loi de dotation en faveur du duc de Nemours.

Némésis V , page 63:

Quand le nom vénéré d'un homme de génie.

Lamartine.

Némésis IX, page 119 :

Que dans le Barsacais, un avocat sans cause

Le Courrier de la Gironde et le *Journal du Peuple* publièrent une pièce de vers signée Étienne L......, *propriétaire vigneron à Barsac,* où l'auteur, après avoir dit que les ouvriers n'étaient pas aptes à s'occuper de politique, m'adressait cette foudroyante apostrophe:

« Infime passereau, n'attaque pas l'aiglon. »

Némésis XI, page 145 :

(Interrompue par une visite domiciliaire.)

J'ai partagé avec quelques honorables citoyens l'honneur d'une visite domicilaire, comme *soupçonné* d'avoir fait partie de la Solidarité républicaine.

FIN DU PREMIER VOLUME.

Bordeaux. — Imp. MÉTREAU et Comp., rue du Parl. Ste-Catherine, 19

TABLE.

‿ ✧ ✧

PRÉFACE 5

A Béranger 9

Réponse de Béranger 13

NÉMÉSIS I. — A Louis- Napoléon 17

Rondeau historique........................... 25

NÉMÉSIS II. — Au *Mémorial Bordelais* 31

Les Croix d'Honneur 39

NÉMÉSIS III. — Au *Journal du Peuple* 43

Un Nouveau Noble 51

NÉMÉSIS IV. — A *La Guienne* 55

Cinq cent mille francs ! 63

NÉMÉSIS V. — Au Peuple....................... 67

NÉMÉSIS VI. — A M. Denjoy 75

Du courage !................................ 83

Ney !! 89

NÉMÉSIS VIII. — Aux Royalistes d'Aquitaine 97

La justice des Rois........................... 107

Némésis IX. — Aux Laboureurs................. 113

La Première Pierre........................... 123

Némésis X. — A la Réaction 127

Laissez-moi chanter la Liberté.................. 137

Pitié pour eux 141

Némésis XII. — Aux Électeurs 145

Némésis XIII. — A mes Amis................... 155

Les Filles du Peuple. — Pauline................ 163

Les Filles du Peuple. — Jeanne 173

Némésis XIV. — Le Socialisme des Travailleurs 183

Némésis XV. — Le Choléra 193

Les Châteaux de la Gironde.................... 199

Némésis XVI. — L'Élection 209

Notes explicatives........................... 217

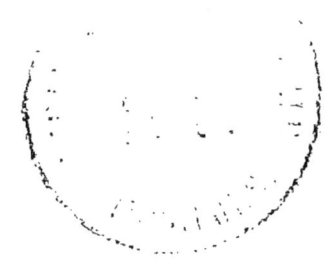

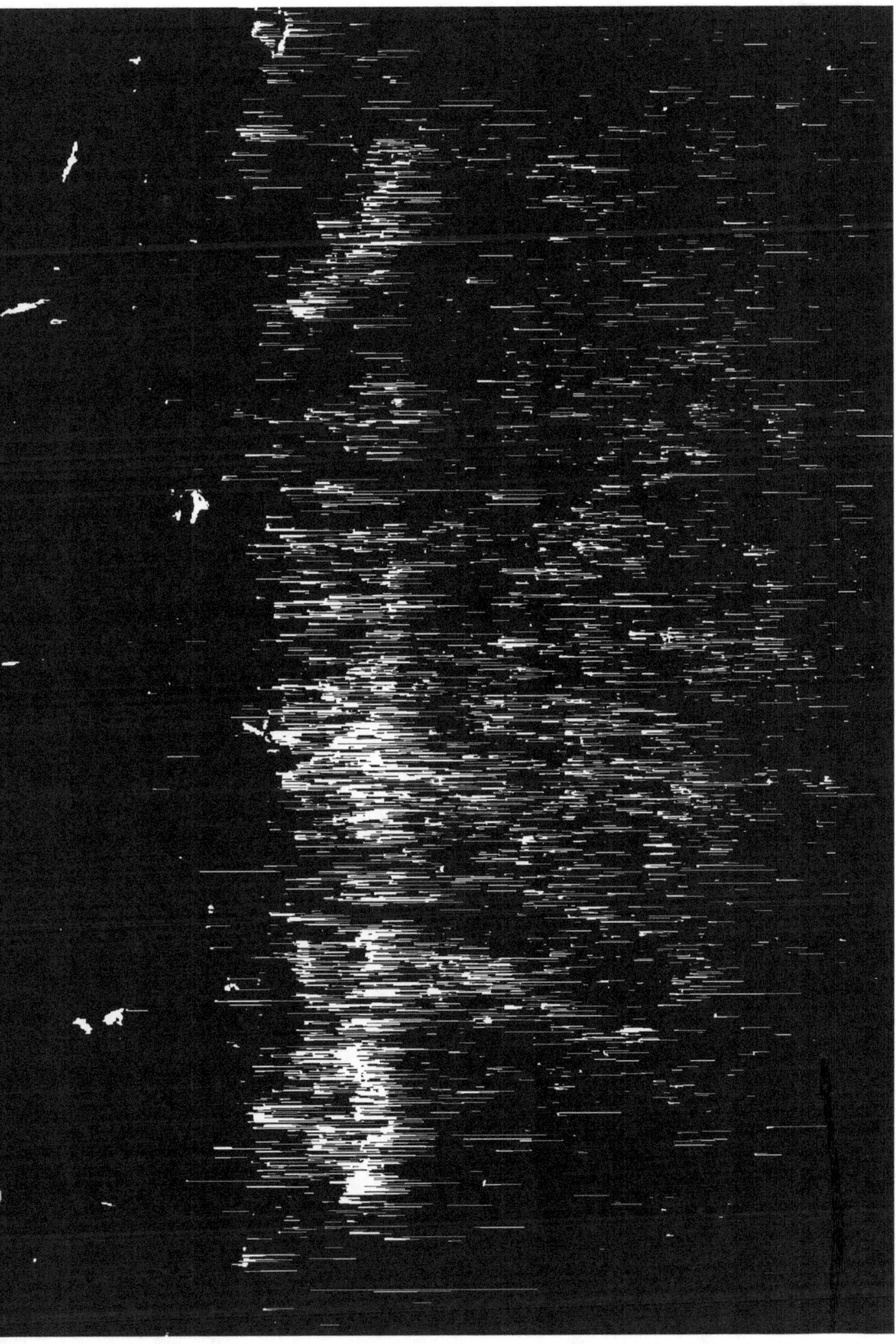

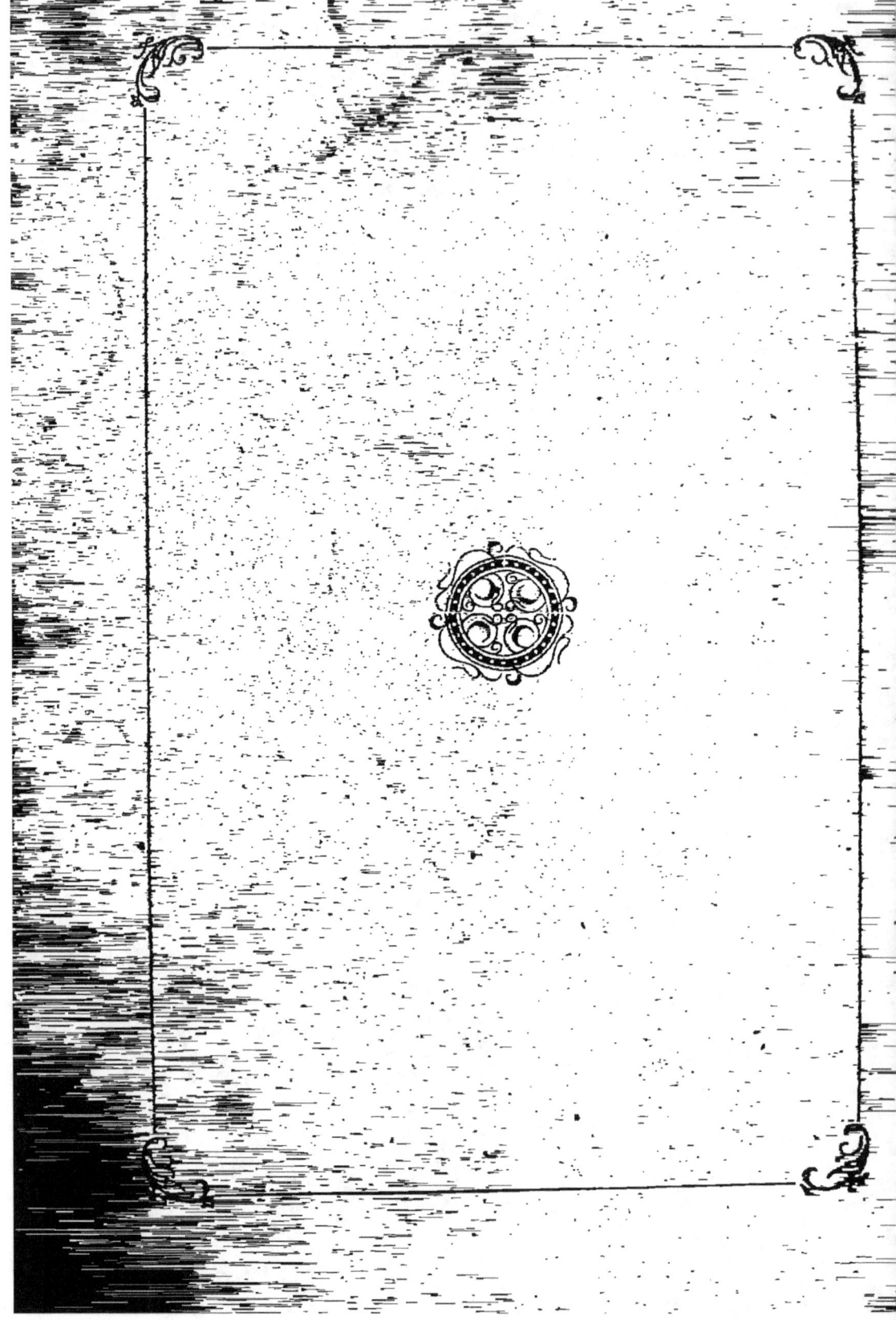